ある誘拐

警視庁刑事総務課・野村昭一の備忘録

矢月秀作

kawade bunko

河出書房新社

目次 CONTENTS

ある誘拐

警視庁刑事総務課・野村昭一の備忘録

プロローグ

五月の連休が明け、桜花や新緑を楽しんでいた人々の賑わいも一段落し、井の頭恩賜《おんし》公園一帯はいつもの静けさを取り戻していた。

午後四時を回った頃、松川尚人《まつかわなおと》は万助《まんすけ》橋東側にある駐車場に白いワゴンを停めた。

「急げ」

後部座席にいる上田《うえだ》洋介《ようすけ》と谷岡晋《たにおかしん》に声をかける。

二人は車を降りてバックドアを開け、竹ぼうきや熊手、布袋やロープを取り出した。

松川も降車し、二人の作業を手伝う。

三人とも、鼠《ねずみ》色のつなぎの作業着に身を包んでいた。

松川はバックドアを閉め、電子キーでロックをかけた。上田と谷岡の顔を見て頷き、公園内へ入っていく。

駐車場に接する吉祥寺《きちじょうじ》通りや玉川上水沿いの緑道は車や人々の往来で多少騒々しかったが、園内に入ると人影もなくなり、薄暗くひっそりとなった。

松川たちが入ったのは、井の頭池西側に広がる御殿山《ごてんやま》地域だった。

江戸時代初期には徳川家光が鷹狩りの際の休憩所を設けたといわれる場所で、シデやコナラ、クヌギなどの雑木林が広がる。

日中は三鷹《みたか》の森ジブリ美術館や自然文化園などを訪れる人々の散策コースでもあるが、陽が暮れると、地元の人がちらほらとしか通らなくなる閑散とした林道となる。

松川たちは砂利を敷き詰めた舗道の脇に手荷物を置き、清掃を始めた。熊手や竹ぼうきをせっせと動かし、地面に落ちた木の葉やごみを集める。

時折、舗道に姿を見せる帰宅途中の学生やランナーは、松川たちを気にも留めず、行き過ぎた。

上田はちらちらと舗道に目を向けていた。

「洋介、仕事するふりをしろ」

松川は小声で言った。

「でもよ。あの娘《こ》、ホントにこんな道を通るのか?」

「何度も僕と晋ちゃんで確認した。な?」

松川は谷岡を見た。谷岡が頷く。

「今日はピアノのレッスンがある日だ。彼女は四時半前後にここを通る」

「もし、来なかったら?」

上田が訊《き》く。

「そのときはまた、計画を改めるだけだ」

松川は言い、熊手を持った手を動かした。

上田は気だるそうに、竹ぼうきで地面を掃《は》いた。

枝葉が風に吹かれて擦《こす》れ合い、ざわざわと音を立てる。谷岡はそのたびにびくりと肩を竦《すく》め、頭上に目を向ける。

「晋、もう少し落ち着けよ」

上田は苦笑した。

「でも……」

「晋ちゃん、嫌ならやめようか？」

松川が声をかけた。

「何言ってんだよ、尚人」

大柄の上田が肩をいからせ、上から松川を睨《にら》んだ。

松川は谷岡に目を向けたまま、続ける。

「今ならまだ間に合う。実行してしまったら、もう戻れない。僕はどっちでもいいんだ。この話は晋ちゃんの発案だからね。晋ちゃんがやっぱり嫌だというなら、僕は手を引くよ」

「ちょっと待て、尚人。勝手なこと言ってんじゃねえよ」

上田は松川の前に立った。

「何べんも話し合って決めたことだろう。今さら、やめるって話はないんじゃねえか？

元手もかかってんだ」

「やるなら、三人が本気でないと無理だ。おまえはどうなんだ?」

上田を見つめる。

「俺の腹は決まってる。やるつもりがなきゃ、来てねえよ。おまえはどうなんだよ、尚人」

「もちろん、やるつもりで来た」

松川が答える。

「迷いはない。だが、一人でも気乗りしない者がいれば、こういうことは失敗する。ほころびが出るから。晋ちゃん、気が進まないなら、今のうちに言ってくれ」

松川は谷岡を見た。

小柄で少々ぽっちゃりとした谷岡は竹ぼうきを握り、うつむいていた。上田も谷岡を見つめ、返事を待つ。

と、谷岡が顔を上げた。

「来た……」

小声で言う。

松川と上田は舗道に目を向けた。

南側から一台の自転車が走ってくる。女の子が乗っていた。ショートボブで大きな瞳の女の子だ。下連雀《しもれんじゃく》にある私立聖林《せいりん》女子学園高等学校の制服を身に着けている。

「晋ちゃん、任せたよ」

松川は少し離れて、熊手を動かした。

上田は竹ぼうきを街路樹に立てかけ、落ち葉を拾うふりをして、布袋に手を入れる。

谷岡は舗道の際で竹ぼうきを握り締めた。

役割は決めてあった。

口火を切るのは、谷岡の役目だった。

女の子の乗った自転車が近づいてくる。枝葉の擦れる音に、タイヤが砂利を噛《か》む音が混じる。

松川は周囲に目を向けた。人影はない。絶好のタイミングだった。

あとは、谷岡の決断に委《ゆだ》ねるだけだ。

落ち着いていたつもりだった。が、女の子が近づいてくるにつれ、鼓動が速くなる。

熊手を握る手にも力が入り、汗ばむ。

上田に目を向ける。上田の背にも緊張が漲《みなぎ》っていた。

女の子が、髪の端の揺れもわかるほど近くに迫った。

横目で、谷岡を見た。

谷岡は竹ぼうきを握り、うつむいていた。

やめるのか……。

そう思った瞬間、谷岡が竹ぼうきを舗道の方へ伸ばした。

ブレーキ音が雑木林に響いた。竹ぼうきが車輪に絡まる。まもなく、自転車はバランスを失って倒れ、女の子が舗道に投げ出された。

「いたっ……」

腰を押さえて、顔をしかめる。

「何やってんのよ！」

尻もちをついたまま、女の子が怒鳴った。

「すみません……」

谷岡が下を向いたまま眉尻を下げる。

松川と上田が駆け寄った。

「ちょっと、あんたたち、気をつけて――」

女の子が文句を言おうと口を開いた。

松川は腰に提げていたタオルを取り、女の子の口に突っこんだ。女の子は目を剝《む》き、呻《うめ》いた。

上田が頭から布袋を被せた。谷岡にロープを放る。谷岡は一瞬立ち竦んだ。

「両手を縛れ！」

上田が怒鳴る。

谷岡は竹ぼうきを投げ出し、ロープを取った。女の子の手を後ろにねじ上げ、おたおたしつつも両手首を縛る。

松川も両足首をロープで縛った。

「悪く思うなよ」

上田は女の子の鳩尾《みぞおち》に右拳を叩きこんだ。

女の子が息を詰めた。もう一度、鳩尾を殴る。袋の中で呻きが漏れ、女の子の体から力が抜けた。

上田は袋を体の方へずり下げて女の子の全身を包み、口を縛って肩に担ぎあげた。

「晋！　竹ぼうきと熊手を拾え！」

上田が命ずる。

谷岡は散らばったほうきと熊手を集めた。

松川は自転車を担いだ。三人は舗道を外れ、雑木林の中を突っ切り、駐車場へ急いだ。

谷岡だけが先に雑木林を出る。松川はポケットから電子キーを出し、車のロックを解除した。

谷岡は周りを見て、バックドアを開けた。竹ぼうきと熊手を中へ放り込む。再度、周囲を見回し、人目がないことを確認して、右手を振った。

松川と上田が雑木林を出た。バックドアスペースに自転車と女の子が入った布袋を放り込む。

谷岡がすぐさまドアを閉めた。

三人は足早に車へ乗り込んだ。

松川はハンドルを握り、エンジンをかけた。大きく深呼吸をして、昂《たかぶ》りを抑え、努めてゆっくりとアクセルを踏んだ。

車が静かに滑り出す。

もう、戻れない……。

松川は胸の奥から沸き上がる動揺と混乱を呑み込み、前だけを見据え、吉祥寺通りを南下した。

第1章　戯言

1

野村昭一《のむらしょういち》は、半年ぶりに、桜田門《さくらだもん》にある警視庁本庁舎へ赴いた。

受付にいた老警官が野村に声をかけた。かつての同僚だった東原清治《ひがしはらせいじ》だ。

「やあ、ノムさん。品川中央署の新米たちの教育は終わったのか？」

「まだ途中だったんだがね。瀬田《せた》さんに呼ばれて戻ってきた。何か聞いているかい、セイさん」

野村が訊《き》く。

「いや、特別何も聞いていないが……。面倒なことか？」

「わからんが、副総監に呼ばれるときは、ろくな話じゃないからな」

「確かに」

東原は笑った。

「面倒を押しつけられた時は、セイさんも応援に入れてくれるよう推薦するよ」

「勘弁してくれよ。俺はもう、現場はいい」

東原はそう言い、業務に戻った。

野村はフロアを奥へ進み、エレベーターに乗った。副総監室のある最上階へ向かう。

野村は、本庁刑事部刑事総務課刑事企画第一係に所属する警部補だ。

刑事企画第一係は、所轄《しょかつ》に出向いて、配属されたての新米刑事を教育するという仕事だ。いわば、現場の刑事の教育係だった。

野村は三十年以上、刑事部の多くの部署に所属してきた。刑事の多くは、配属された部署で専門捜査官として生涯を終えるが、野村のように各部署を渡り歩く者もいる。

その様々な経験を、これから現場へ出ようとしている若い刑事たちに伝えている。

エレベーターを降り、廊下をさらに奥へ進む。最奥手前の部屋の前で立ち止まった。

長年愛用しているブークレ仕立てのくすんだブラウンのジャケットのボタンを留め、少し乱れた白髪交じりの頭を手のひらで撫《な》でつけ、身なりを整え、ドアをノックした。

「野村です」

「どうぞ」

中から声が返ってきた。

ドアを開け、中へ入る。副総監の瀬田登志男《としお》は執務机にいた。瀬田に歩み寄ろうとする。

瀬田は応接用のソファーを手で指した。

「ああ、ノムさん、そっちへ」

野村は二人掛けのソファーに腰を下ろした。瀬田が作業の手を止め、椅子から立ち上がって歩を進め、野村の差し向かいに座る。

瀬田は野村の一つ下で、かつて組織犯罪対策部で共に捜査に従事した仲だ。階級はキャリアである瀬田の方が上だったが、当時から瀬田は野村のことを〝ノムさん〟と愛称で呼んでいた。

「どうです、企画係の仕事は？」

「悪くないですよ。人に教えることで、自分の捜査手法を客観的に見直すことができます。といっても、私はもう、現場に戻るつもりはありませんがね」

「現場は嫌ですか？」

「嫌ではありませんが、私も歳ですからな。気力と体力が続きません」

そう言い、苦笑する。

「で、副総監。用件はなんですか？」

野村は早々に切り出した。

「満身創痍《そうい》なところ申し訳ないんですが、一時教育から離れて、現場に戻ってはいただけませんか？」

瀬田が言う。

「やはり、面倒か……。あんたの話はいつもそうだな」

ぞんざいな口ぶりになる。

「すみません」

瀬田は詫《わ》びて見せるが、悪びれたふうは一切ない。野村は昔から変わらない瀬田の態度につい笑みをこぼした。

「とりあえず話は聞くが、さっきも言ったように私も歳だ。あまりに面倒な申し出は受けられんよ」

「ノムさんだから、お願いするんですよ」

瀬田は野村を見つめた。

「誘拐事件の捜査をしてもらいたいんです」

「誘拐？　それは特殊第一の管轄《かんかつ》だろう」

「本来はそうなんですが、少々ワケありでして」

瀬田が改めて、野村を見やった。

「誘拐されたのは、三笠崇徳《みかさたかのり》の娘・千尋《ちひろ》です」

瀬田の言葉に、野村の片眉がぴくりと動いた。

「あの三笠か……」

野村は腕を組み、眉間に皺《しわ》を寄せた。

総合ＩＴ企業大手〈ＭＩＫＡＳＡ〉は今や押しも押されもせぬ日本を代表する企業で、

三笠崇徳は、その代表取締役社長だ。過去に野村は、三笠と対峙《たいじ》したことがあった。〈ＭＩＫＡＳＡ〉の前身は、〈フレンドシップ〉という小さなソフト開発会社だった。有限会社として、若者数名で起《た》ち上げたフレンドシップは、優良なソフトを世に送り出し、着々と力を付けていた。

そこに現われたのが三笠崇徳だった。

三笠は、エンジェル投資家としてフレンドシップに多額の投資をし、株式会社化すると同時に、フレンドシップの株式の三十三パーセントを取得した。

三笠からの資金を得たフレンドシップは、ＳＮＳやソーシャルゲーム事業などに次々と参入し、急成長を遂げた。

株式も公開し、三笠、フレンドシップ双方が多額の利益を得ることになる。

しかし、これからという時に粉飾決算の容疑で東京地検の捜索を受け、勢いは失速。代表者が自殺してフレンドシップは解散する。

その後、三笠崇徳が二束三文となったフレンドシップの株式をすべて買い取り、社員とＩＴ関連のノウハウを引き継いで事業を継続させ、社名を〈ＭＩＫＡＳＡ〉と変えて、現在までフレンドシップの系譜を存続させている。

野村は十年前、フレンドシップのＣＥＯであった西崎賢司《にしざきけんじ》の自殺の案件を捜査した。

粉飾は西崎の指示だったとの経理担当者の証言もあり、当時三十五歳の若者だった西崎が重圧に耐えきれず、自殺した、という見方が主流だった。

しかし、野村は西崎の自殺に疑念を抱いていた。粉飾決算が西崎の指示だったとする証拠は薄い。遺書もなく、西崎自身は自殺直前まで次なる事業拡大に向けて奔走していた。

地検の捜査を受けるというトラブルはあったものの、西崎の当時の状況や西崎自身の人物像を調べるほどに、自殺とは断定できない背景が浮かび上がる。

が、自殺を否定するだけの確たる証拠も見当たらない。

西崎は睡眠薬を飲んで、自宅マンションの寝室のクローゼットの取っ手にネクタイをかけ、足を投げだして座るような形で首を吊《つ》っていた。いわゆる、非定型縊《い》死《し》というものだ。

突発的な衝動で自殺する者に多い形で、西崎が人知れず粉飾決算の処理に悩み、衝動的な行動に及んだとの裏付けにもなった。

西崎は睡眠薬も常飲していた。また当日の服用時間も微妙で、何者かが眠らせた後に自殺を偽装したとまでは断定できなかった。

結果、粉飾の罪は西崎一人が背負い、その責任を取ろうとして自殺したということで、フレンドシップに関わる一連の騒動は終息した。

野村は組んだ腕を解き、太腿に両手を置いた。

「今回の三笠の娘の誘拐とフレンドシップの事案に関わりがあるのか？」

瀬田に訊く。

「いえ、そういうわけではありませんが、今回できれば内密に捜査をしてほしいとの指示が上から出ていまして。であれば、三笠をよく知るノムさんが適任ではないかと思い、お願いしているまでです」

「上ということは、公安委員長か警察庁といったところか」

「ええ、まあ……」

瀬田は言葉を濁した。

三笠崇徳は、豊富な資金力と経営手腕を買われ、今や経済界の重鎮と化している。当然、政界にも顔が利《き》く。

おそらくは、その筋から手を回し、娘の誘拐という事件まで内々に処理しようとしているのだろう。

三笠らしいやり口だ、と野村は深く息を吐いた。

「何人態勢で動くつもりだ？」

「ひとまずは、専従はノムさん一人ということで願えませんか？」

「無茶なことを言うな」

「そうなんですが、大ごとにはしたくないというのがまた、上の意向でして……」

「誘拐事案だぞ。娘の命がどうなってもいいというのか」

野村は憤りを隠せない。

「そういうわけではありません。しかし、現段階では、ノムさんに引き受けてもらえないと、捜査すらできない。それこそ、娘さんの命を無用な危険にさらすことになります」

瀬田が苦渋を覗かせる。

野村はふうっと息を吐き、太腿を平手でパンと打った。

「仕方ないな。わかった」

「ありがとうございます」

「ただし、背後関係がわかり、娘の居所が判明した時点で、特殊第一の捜査員を私に預けてもらう。娘の生命保護が第一だからな。その条件をのむなら、引き受けよう」

「私も官僚であると同時に警察官です。そこは確約します」

瀬田が強く首肯する。

「先方に話はついているのか？」

「捜査担当がノムさんだとは話していませんが、専従捜査員を一人送るということは伝えています」

「三笠はどこに？」

「私邸にいるはずです」

「そうか。では早速、顔を出そう」

野村は立ち上がった。

「三笠に連絡しておきますか？」

「いや、いい。私が専従と聞けば、替えろと言ってくるかもしれん。知らん顔して覗いてくるよ」

「わかりました。何かつかめたら、私に連絡を入れてください」

「そうするよ」

野村は言い、背を向けた。

「よろしくお願いします」

瀬田は立って、深々と頭を下げた。

2

三笠崇徳は仕事を早めに切り上げ、御殿山にある私邸に戻っていた。秘書の有島澪《ありしまみお》も同行している。

「警察の者はまだか！」

澪に怒鳴る。

「一時間ほどと連絡がありましたので、もうそろそろかと」

「見てこい！」

「承知しました」

澪はワインレッドの眼鏡のつるを指で押し上げ、大きな手帳を手にしたままリビングを出た。

三笠はチャコールグレーのスーツのボタンを外し、ネクタイを緩めた。ソファーに腰を下ろして脚を組み、苛立った様子で爪先を小刻みに揺らす。

千尋を誘拐した、と何者かから連絡があったのは、六日前のことだった。

三笠は数台の携帯電話とスマートフォンを所持している。かかってきたのは、プライベート用のごく一部の者しか番号を知らない携帯電話にだった。しかも、ディスプレイには千尋の名が表示された。

電話口の何者かは、ボイスチェンジャーを使い、電話口での声色を変えていた。悪戯《いたずら》にしては、手が込んでいる。

千尋の世話係も務めている澪に、すぐ確認させた。

通っているはずのピアノ教室にはその日、顔を出していなかった。家にも不在で、友達と街で遊んでいる様子もない。

本来であれば、すぐにでも警察へ連絡すべき話だ。

が、三笠は思い留まった。

今、会社内では、旧フレンドシップから登用した社員と新しくＭＩＫＡＳＡに入社した者が対立している。そして、旧フレンドシップの執行役員が三笠降ろしを画策している。

彼らは、三笠が前身であるフレンドシップの理念をないがしろにしていると訴えている。

三笠にしてみれば、言いがかりだ。理念も何も、三笠が会社を丸ごと買い取らなければ、倒産、消滅していたのだ。

旧フレンドシップの社員たちは、昇給と待遇改善を要求しているだけだと主張する。しかし、吸収合併後に新しくMIKASAに入ってきた者と旧フレンドシップの社員たちに差がつくのは当たり前だ。新規採用した者は、いわばヘッドハンティングしてきたようなものなのでスキルは高い。実力のある者をより厚遇するのは、企業の姿勢として間違っていない。

ただそれだけのことを、彼らは〝理念〟などという曖昧な建前を持ち出して難癖をつけ、結局のところ自分たちの既得権益を守ろうとしている。

今すぐにでも会社から叩き出してやりたい。が、上場企業として、社会の批判を浴びるようなやり方はできない。

三笠は、検討しているという言葉を繰り返し、のらりくらりとかわしつつ、回答を先延ばしにしていた。

その態度に業《ごう》を煮やした一部の者が、娘の誘拐という愚行に出たとも考えられる。

それだけではない。

三笠は一代で財を成してきた。その過程では好むと好まざるとにかかわらず、時に強引な手法で相手を制したこともある。当然、敵も多い。

周りは隙あらば、追い落とそうとする者ばかりだ。

三笠は被害者だ。マスコミを利用して娘の無事を乞《こ》い願うような良き父親を演じて見せれば、会社や自分の世間的イメージも上がる。

しかし同情的な見方より、この機に乗じて三笠自身や会社内部のことを暴き立てる輩《やから》の方が多いだろうと感じる。

そんな状況下で、娘の誘拐事件が表沙汰になることは躊躇《ためら》われる。

今、騒がれるのはうまくない。

損得を天秤にかけた結果、三笠は内々に処理する方を選んだ。

学校には娘が旅行で長期欠席すると連絡を入れ、澪に社内外の反乱分子を探らせた。

敵の正体さえわかれば、警察の力を借りずとも秘密裏に解決できるかもしれないと考えたからだ。

しかし、澪の調査では、三笠と反目している者は皆、誘拐当日のアリバイが確認できた。それでも三笠は、調査を続けさせた。

いたずらに時間が過ぎる中、三日前の夜半、再び犯人から連絡が入った。

身代金三千万円を要求された。

三千万円という金額が引っかかった。

社内外で三笠の失脚を目論《もくろ》む者なら、経営が危うくなる程の常識外れな金額を吹っかけ、世間に知れわたるような大事《おおごと》にせざるを得ないよう、事を運ぼうとするはずだ。

三千万という現実的な要求額に、三笠は社内外の敵は関わっていないと判断した。そうなると千尋をさらった者の正体は、三笠の与《あず》り知《か》らぬ第三者という可能性が大きくなる。

有能だとはいえ、澪一人に不特定多数の虫けらの中から犯人を特定し、娘を救出しろというのも現実的ではない。

三笠は伝《つて》を使って警察の協力を仰ぐことに決めた。

ドアが開いた。

「失礼します。社長、警察の方がお見えになりました」

「通せ」

三笠が言う。

サンドベージュのスカートスーツを身にまとった澪が、スッと道を開ける。後ろから、ブラウンのジャケットを身に着けた野村昭一が現われた。

途端、三笠は渋い表情を覗かせた。

「あんたか……」

「久しぶりですな、三笠さん」

野村は愛想笑いを見せ、中へ入った。

「野村さん、コーヒーでよろしいですか?」

澪が訊く。

「ああ、ありがとう」

野村が微笑むと、澪は会釈《えしゃく》をし、下がった。

ドアが閉まる。野村は背後で手を握り、部屋を見回しながらゆっくりと歩を進めた。

「相変わらず、豪華なリビングですなあ。私が初めて訪れた時より、調度品が増えている」

バロック調のリビングボードの脇を歩く。

野村はボードの中ほどで足を止めた。

「これは懐かしいですな」

写真立てを手に取った。

若かりし頃の三笠と幼い千尋、その右横には、青白い顔に柔和な笑みを満面に湛《たた》えるほっそりとした女性が立っていた。

「そろそろ、春子《はるこ》さんが亡くなって十二年ですか？」

写真の女性を見つめる。

「あんたには関係ないだろう」

三笠はぞんざいな口ぶりで言った。

千尋の横に写っているのは、千尋の母・三笠春子だった。春子は千尋が六歳の時に病死している。

野村は写真立てを置き、ソファーに歩み寄った。

「よろしいかな？」

向かいのソファーを目で指す。

「どうぞ」

三笠は仏頂面《ぶっちょうづら》で言った。

野村は腰を下ろした。三笠を見つめる。

「このたび、娘さんの誘拐事案に関しての専従捜査を拝命しました、野村昭一です」

軽く頭を下げげる。

「知ってる。よりによって、なぜ、あんたなんだ……」

最後は言い淀《よど》む。

野村は聞き流した。胸ポケットから手帳を出し、開いて、ペンを握る。

「早速ですが、犯人からの連絡は二度と聞きましたが、間違いありませんか？」

「そうだ」

「録音は？」

「急なことで、録《と》り損ねた」

「犯人は三千万円を要求してきたということですが、間違いないですか？」

「ああ」

「受け渡し方法は？」

「追って連絡をすると言ったが、それからまだ連絡はない」

「そうですか。犯人に心当たりは？」

「あれば、あんたに頼んだりはしない」

「三千万ごとき、はした金だと？」

野村はやや鋭い視線を向けた。

「そういうわけじゃない」

三笠は野村から目線を外し、脚を組み替えた。

「どうしましょうか」

「どう、とは？」

三笠が野村を見た。

「犯人に三千万円を払ってでも娘さんを助けたいというなら、そのように手配しましょう。びた一文出すつもりがないのであれば、私もそれ相応の姿勢で臨みますが」

「あんた、刑事だろう？　犯人にむざむざ金を取られてもかまわないというのか？」

「もちろん、犯人については捜査しますよ。しかし今、一番に考えなければならないのは、娘さんの保護です。本当なら、しっかりとした捜査態勢を敷くべきなんですがね」

野村が言う。

「あんたたちにはわからない面倒もあるんだよ」

三笠は顔を背け、小さく息を吐いた。

ドアが開き、澪がワゴンを押して入ってきた。リビングにほろ苦いコーヒーの香りが漂う。

ソファーの脇でワゴンを止め、カップに淹《い》れたてのコーヒーを注ぎ、ソーサーに載せ、野村の前に差し出した。

「どうぞ」

「いただきます」

野村はソーサーを手に取った。口をつける。ズズッとコーヒーを啜《すす》り、喉に流す。

「これはうまい。どなたが淹れたんですか？」

「私です」

澪は三笠にもコーヒーを出しながら、答えた。

「ずいぶんゆっくりとドリップされたんでしょう。珈琲《コーヒー》専門店並みですな」

「過分なお言葉、恐縮です」

澪は微笑み、ワゴンを押して部屋を出ようとした。

「あー、有島さん。あなたにも伺いたいことがあるんですが、よろしいですか？」

「なんでしょうか？」

澪は立ち止まって、野村の方を向いた。

「あなたは確か、春子さんが亡くなった頃から、千尋さんの世話係をしていましたね」

野村が訊く。

十年前、西崎賢司の自殺事案の捜査過程で三笠崇徳の身辺を調べていた時に知った事実だ。

当時、フレンドシップの総務課で働いていた澪は、病弱だった春子のサポートを三笠から頼まれ、秘書として三笠邸に出入りするようになった。

一人っ子で、両親にはあまり遊んでもらえなかった千尋は、澪によくなついた。

春子は千尋の世話を澪に頼み、この世を去った。

澪はフレンドシップに籍を置きながらも、千尋が幼いうちは三笠邸に住み込み、千尋の世話にも従事していた。

「今でも、千尋さんの世話係を務めているのですか?」

「はい。当時のように、こちらへ住み込みというわけではありませんが、週の半分くらいは千尋ちゃんの様子を見に来ています」

「ここ一、二ヶ月で、千尋さんに変わった様子は?」

「特に、ありませんが……」

「失礼ですが、あなたと三笠さんの関係は?」

野村が唐突に訊く。

「何を言い出すんだ!」

三笠がぎょろりとした双眸《そうぼう》を剝《む》いた。

野村は三笠に顔を向けた。

「失礼を承知で伺っています。娘さんは、十七歳。多感な時期です。有島さんとは気心が通じているでしょうから、異論はないにしても、あなたと有島さんがもしも社長と秘書という立場を越えた仲であれば、気にかけているかもしれません。自分の気持ちを言い出せず、家出をしたという可能性もなくはないですからな」

淡々と話し、澪を見やる。

「どうです？」

「あくまでも、社長は社長。そうした関係は当初から一切ありません」

澪は冷静に答えた。

野村は横目で三笠を確認した。不機嫌極まりない様子で、顔をしかめている。

「いや、下世話な質問で申し訳ありませんでした」

野村は視線を落とし、手帳を閉じた。胸ポケットに入れる。

「では、三笠さん。犯人がコンタクトを取ってきたときの携帯の会話はこちらで録音させていただきます。それと、通話記録の開示請求を行ないますが、よろしいですね？」

「……仕方ないな」

「犯人から連絡が来た際は、すぐさま私に報告を。電波の中継局が絞り込めるかもしれません。ともかく、今は娘さんを無事に保護することを考えましょう。あなたが金を出す出さないは関係なく、犯人からのコンタクトがあった時は、支払うような体《てい》で会話してください。いいですね」

「わかった」

三笠は渋々答えた。

野村は立ち上がった。

「有島さん、千尋さんの通学路を知りたいのですが、よろしいですか?」

「はい、ご案内します。社長、外してよろしいですか?」

「そうしろ」

三笠が言う。

「では、行きましょう」

野村が促す。

野村と澪は、連れ立ってリビングを出た。

三笠は閉まるドアを睨《にら》みつけた。


野村と澪は屋敷を出た。吉祥寺通りを歩いていく。

「野村さん、社長のぞんざいな態度、許してあげてください」

「気にしていませんよ」

野村は微笑んだ。

「社長も心の中では千尋ちゃんのことを心配しているんです。脅迫の電話があった時は、かなり動揺していましたから。ですが、今、会社の方も大変で、誰にも弱みを見せられない状況なんです。それでつい、言葉も乱暴になってしまっているのだと思います」

「でしょうな。昔、三笠さんの話を周りの人たちに伺った時、三笠さんは千尋さんの誕生を心底喜んでいたと言っていましたから。どんな状況になっても、親が子供を愛する心は変わらないものです」

「本当は私も、きちんと警察にお願いすべきだとは思うのですが」

「それはかまいません。いずれにせよ、誘拐事案の捜査は秘密裏に行なわれるものですから。今は私の捜査で十分です。時が来れば、三笠さんを説得して態勢は整えます」

「お願いします。私にとって千尋ちゃんは年の離れた妹のような存在ですから。必ず、助けてあげてください」

「もちろんです。そのためにはあなたにも協力を願いますが、よろしいですね？」

「はい」

澪は強く首肯した。

「では、早速ですが、今、ＭＩＫＡＳＡの社内で起こっていることを聞かせてもらえますか」

野村は澪と話しながら、千尋の通学路を辿《たど》った。

3

松川が自室に使っている部屋のドアがノックされた。ドアが開き、谷岡が顔を出す。

「尚《なお》ちゃん。夕飯の買い出しに行ってくるから、代わってもらってもいいかな？」

「僕が行ってくるよ」

「ちょっと、外の空気も吸いたくて」

「そっか。なら、代わるよ。洋介は？」

「出かけたままで、まだ帰ってない」

「どこに行ったんだろうか」

「さあ。何も言わずに出て行ったから、パチンコにでも行ってるんじゃないかな」

「しょうがないヤツだなあ……」

松川がため息をつく。

「駅前に行くから、見てこようか？」

「うん、頼むよ。もし見つけたら、一緒に帰ってきてな」

「わかった」

谷岡は笑顔を見せ、ドアを閉じた。

足音が遠ざかる。玄関ドアの開閉する音がし、静かになった。

松川は読みかけの本にしおりを挟んで閉じ、立ち上がった。部屋を出て二階へ上がる。

二階は二十畳のリビングになっている。左手にはキッチン、右奥隅には三畳間がある。

松川はダイニングテーブルの椅子に腰を下ろした。三畳間に目を向ける。その部屋に、千尋を閉じ込めている。眠っているのか、物音一つしない。

松川は持ったままだった本を広げ、再び読み始めた。昔好きだったファンタジー小説だ。気晴らしにとページをめくっているが、文字がまったく目に入ってこない。

吉祥寺で千尋を誘拐して、一週間が経っていた。

千尋を連れ込んだのは、松川たちが三人でシェアしている一軒家だった。聖蹟桜ヶ丘《せいせきさくらがおか》駅から東へ二十分ほど歩いたところにある。

一階は八畳部屋が三部屋と風呂がある。二階は広いリビングとなっていて、キッチンもある。トイレは両階に設置されていた。

地下車庫や植木に囲まれた庭もあり、ちょっとした邸宅だ。

そもそも、どこかの会社が郊外の事務所として使うつもりで中古の家を購入したそうだが、予定が変わり、シェアハウスとして貸し出されたものらしい。

らしい、というのは、松川が直《じか》に契約をしたわけではないからだ。

二年前、この家の賃貸情報を持ってきたのは、谷岡だった。

SOHOで知り合った社長から、シェアハウスにした物件があるのだがどうだと紹介されたらしい。

松川、上田、谷岡は、長野盆地の河東にある城下町の出身だ。三人は、上京してからもたびたび会っていた。

谷岡は、それぞれが東京の暮らしで窮地に陥っている中、助けになればとその話を持ってきた。

上田は即決した。

松川は少し躊躇《ちゅうちょ》した。

谷岡の話を聞く限り、そうした話があってもおかしくないとは思ったが、実は物件を占有して金を取るための住人役だったり、事故物件を洗浄するための間借り役だったりする、いわゆる〝ブラックバイト〟かもしれない、とも疑った。

ただ、谷岡の申し出は、実のところ願ってもないものだった。

松川は当時、無職だった。

大学を卒業し、一度は就職した。しかし、そこは見事なブラック企業で、研修という名目の安い給料で一日二十時間を超える労働を強いられた。

松川はがんばった。再就職先を探している余裕はない。ふらふらになりながらも、なんとか踏ん張ったが、半年で完全に体を壊し、望まないまま依願退職した。

それから、次の就職先を探したがなかなか見つからず、わずかな貯金を切り崩して、なんとかしのいでいた。

そして、いよいよ底も見えてきた頃、谷岡からシェアハウスの話を持ちかけられた。

これまで毎月六万円強払っていた家賃が、三万円になる。この差額は、松川にとって大きかった。

松川は時間を見つけ、家の下調べをした。

幸いなことに、占有物件や事故物件でもなかった。

中学以来の友達もいる。家賃も下がる。断わる理由がなくなり、松川はシェアハウスへの入居を了承した。

松川と上田は長野の城下町に生まれ育ち、谷岡は中学一年の頃に転校してきた。

千曲川《ちくまがわ》の東にあるこの町は、天然の要衝として知られ、かつては真田《さなだ》氏が城主を務めた城があり、第二次大戦末期に旧日本軍大本営の移設予定地とされた場所だ。

現在は史跡豊富な観光地として栄え、長いもをはじめ、桃や杏、葡萄などの名産地としても知られる。

風光明媚な場所だったが、松川たち三人には多少、居づらい土地だった。

松川の父は中学二年の時に病死した。それ以降は、松川と弟妹を母親が女手一つで育ててくれていたが、片親ということで理不尽な言葉を浴びることも少なからずあった。

上田の父親は公務員で、二人の兄は国立大学に進学した。しかし、上田自身は優秀な兄たちとは違い問題児で、家族の中でさえ疎《うと》まれていた。

谷岡の父親は銀行員だったが、転勤が続き、それに家族が付き合わされ、各地を転々としていた。中一の時にこの町へ引っ越してきたが、地方都市にありがちな閉鎖性によって、よそ者として時々苦しめられた。

三人とも、どこかしら、町の中に居場所を持てない少年だった。

松川たちが親しくなったのは、谷岡がイジメに遭《あ》っていたのを松川と上田が助けた時からだ。

なんとなく世間からはぐれた三人は、四六時中つるむようになった。

同じ高校を卒業し、三人はそれぞれの進路を選び、上京した。

松川は奨学金を受けて進学した。

上田は役者を目指し、養成所に入った。

谷岡は漫画家を志望し、都内の専門学校へ入学した。

希望に満ちていた。各々《おのおの》の不遇を跳ね返し、未来を創るべく、瞳を輝かせていた。

しかし、現実は甘くなかった。

松川は退職後、うまくいっていない。

上田は短気な性格が災いし、早々に養成所を退所した。以後、バイト先を転々としていたが、どれも長続きせず、都会に埋もれていった。

谷岡は専門学校でコツコツと勉強したが、いかんせん周囲の才能に気後《きおく》れする日々を過ごし、卒業と同時に早くも挫折した。それ以降、バイトの傍ら、ＳＯＨＯでイラストの仕事を受け、細々と暮らしていた。

三人で暮らす家は、安堵《あんど》感があった。一方で、三人とも夢破れ、都会の片隅で鬱屈《うつくつ》していた。

三ヶ月前、リビングで共に食事をしているとき、谷岡が唐突に切り出した。

〝誘拐でもして、身代金を取ろうか〟

単なる冗談だったのかもしれない。が、松川も上田も戯《ざ》れ言と聞き流せなかった。松川は奨学金の返済に困っていた。何度となく、返済期限猶予の申請を行なってきたが、そろそろそれも厳しくなってきた。延滞をしたこともあるので、減額返還申請もできない。

いよいよ返せなくなれば、自己破産もと考えてはいたが、連帯保証人となっている母親に迷惑をかける。奨学金の返済の肩代わりを求められれば、母も破産せざるを得なくなるだろう。それでは、弟妹の道も閉ざしてしまう。

上田は上田で、上京してきてずっと借金を抱えていた。多くは遊興費だ。役者の道を早々にあきらめた後、自暴自棄になり、放蕩を繰り返して借金を重ね、首が回らなくなっていた。

誘拐を提案した谷岡もまた、上京後、二万、三万と借り続けた生活借金が、気づけば膨れ上がっていた。

それからしばらくは、誘拐の話は出なかった。が、三人の中で、誘拐という言葉は燻《くすぶ》り続けていた。

二ヶ月前、谷岡が話を蒸し返した。三人でテレビを観ている時だった。

総合IT企業大手〈MIKASA〉の代表取締役社長・三笠崇徳が、ある経済番組に登場した。流暢《りゅうちょう》にビジネスを語る三笠の姿を見ながら、谷岡が言った。

〝この人、相当あくどいことをしているらしいよ〟

そして、こう続けた。

〝なんで、悪いことをしてる人が豊かに暮らせて、僕たちのささやかな人生は報われないんだろうね〟

さらに続けた。

〝こんな人のお金なら、少しくらい分けてもらっても、いいよね〟

谷岡は二人に向けて言うともなくぶつぶつと独り言のように話し続けた。

谷岡の言葉は、松川と上田の心を侵食していく。

松川は湧き上がる黒い感情を必死に押し込めた。しかし、押し込めれば押し込めるほど、正常な思考が掻《か》き回される。

そして、上田が口火を切った。

〝やるか？〟

松川の心臓がドクンと跳ねた。

リビングの空気が異様な熱を帯びた。

思考が傾いた。

一度転がり始めた思惑は否も応もなく三人を巻き込み、急速に膨張した。

上田と谷岡が話を進めていく。

松川は傍らで話を聞いていた。止めなければいけない。自分に何度も言い聞かせるが、熱を帯びる二人の会話に心の声が掻き消される。

〝俺たちの人生を切り拓《ひら》こう。自らの手で〟

上田が言った。

松川の胸の奥で理性がプチッと弾けた。

そう。持たざる者は、自分の手で人生を切り拓くしかない。

それが不合理な手段でも——。

三人ともおかしくなっていた。

しかし、やると決めた瞬間、上京してきた当時の気勢が戻ってきた感じがして、淀んでいた三人の双眸が輝きを取り戻した。

そこからは早かった。

三笠に娘がいることを突き止め、娘をターゲットにし、日々の行動や学校のカリキュラムの下調べをして計画を立て、実行した。

松川は三畳部屋を見つめた。

千尋は掛け布団一枚しかない畳部屋に両手足を手錠で拘束され、転がされている。眠っているのか、コトリとも音はしない。

これでよかったのか？

内なる声が聞こえる。胸がしくりと疼《うず》く。

だが、もう、事を起こしてしまった。

振り返っている時間はない。

三千万円をどう受け取るか。

松川は手にした本のページをめくりながら、思量を重ねた。

4

西崎徹也は、ある旅行代理店の会議室にいた。すらりとした姿態にミッドナイトブルーのスーツをまとい、椅子の背に深くもたれ、脚を組んでいる。

隣には頭髪を短く刈った大柄の男が座っている。西崎の右腕の郷原浩紀《ごうはらひろのり》だ。

郷原は黒いスーツを着て、レンズに少し茶色が差した眼鏡をかけ、対面に座っている二人の男を見据えていた。

「葛西《かさい》社長。そろそろ決めていただけませんか?」

西崎は正面に座っている白髪頭の男性を見た。

「ですが、金額が……」

葛西は顔を伏せ、生え際からあふれて止まらない汗を白いハンカチで何度も何度も拭う。

「たったの五千万。あなた方が管理している十五万人の会員情報が盗まれることを考えれば、安いものじゃないですか。それとも、目先の金を惜しんで信用を失う方が良いですか? この規模の会社なら、破産ですね」

西崎は片笑みを覗かせた。

「無礼な！」

葛西の隣にいた専務の大峰《おおみね》が紅潮し、唇を震わせた。

しかし、西崎は眉一つ動かさない。やおら、大峰に顔を向ける。

「私は事実を申し上げたまでです。なんなら、お宅のセキュリティーホールの情報を流してみましょうか？　もっとも、その瞬間にすべてが終わりますが」

「脅すつもりか！」

大峰がテーブルを叩いて、立ち上がった。今にもつかみかからんばかりの形相《ぎょうそう》だ。

郷原も腰を浮かせる。西崎は右手を上げ、郷原を制した。

「私は、御社のシステムに重大な欠陥があるから、それを解決するためのプログラムを提供できますよ、とご提案申し上げているだけです。しかし、あなた方は金を出し渋って、対策を打とうとしない。だから、実際、セキュリティーホールの情報が拡散された場合どうなるかを、身を以て知っていただこうかと思ったまでです」

「それが脅しだろう！」

大峰がますます鼻息を荒くする。

西崎はふっと息を吐いて、目を伏せた。

「やれやれ。これだから、何年も前のシステムを使っていても、危機感ひとつ持たないわけだ」

「なんだと?」

大峰が気色《けしき》ばむ。

「大峰君……」

葛西は困った様子で大峰を見上げた。

「社長！　こんな怪しい連中の言うことなど聞く必要はありません！」

「どうなさるおつもりですか?」

西崎が顔を上げる。

大峰は西崎を睨みつけた。

「うちに出入りしているＩＴの会社がある。彼らに修正プログラムを作ってもらえばいいだけだ」

「そうですか」

西崎は隣に目を向けた。

郷原は、脇の椅子に置いたバッグからノートパソコンを取り出した。起動し、太い指で軽快にキーを叩く。

「情報をばらまくつもりか！」

大峰が怒鳴る。

郷原はモニターを見つめ、淡々とキーを叩き続ける。

「やめろ！」

大峰がノートパソコンを奪おうと、手を伸ばした。

郷原が顔を上げ、ひと睨みした。

大峰の手が止まる。

郷原はエンターキーを押し、キーボードから手を離した。

西崎はノートパソコンを引き寄せた。モニターに表示されたデータを見て、ニヤリとする。

「どうぞ、ご覧ください」

モニターを葛西と大峰の方に向け、ノートパソコンを差し出す。

大峰が座りながらパソコンを手元に寄せた。葛西と共にモニターを覗き込む。二人の双眸がみるみる見開き、顔が強張った。

画面に表示されていたのは、この旅行代理店が管理している顧客情報だった。

氏名、住所、年齢はもちろん、パスポート番号や顔写真、クレジットカードのナンバーと有効期限、個々人の渡航歴まで、葛西の会社が管理している顧客情報のすべてが記されていた。

「何をしたんだ……」

大峰は声を震わせた。葛西は蒼白になっている。

「セキュリティーの不備を突いて、御社の管理サーバーに侵入しただけです。どうです？　すべての情報を引き出すのに、三十秒とかからなかったでしょう？」

「不正アクセスだ！　警察に連絡する！」

大峰が語気を荒らげる。

「どうぞ、ご自由に。これは、あなた方に状況を理解していただくためにあえて目の前で侵入してみせたものですが、このセキュリティーの脆弱性情報を流せば、五分もかからないうちに数千、数万の不正アクセスが殺到し、あっという間に、今、目にされている顧客情報が全世界に出回ります。パスポートにクレジットカードの偽造、不正使用、振り込め詐欺《さぎ》などに使われる顧客名簿、詐欺商法。被害は甚大でしょうね」

西崎が淡々と語る。

葛西と大峰はただただ呆然とするばかりだった。

西崎はノートパソコンを引き寄せ、上蓋を閉めた。

「では、交渉決裂ということで、私たちはこれで」

西崎が立ち上がろうとする。

「ま……待ってくれ！」

葛西が止めた。

「わかった。君たちの対策プログラムを買おう」

「社長！」

「君は黙っていなさい！」

葛西は大峰を一喝した。

西崎は座り直した。

「金額は？」

「見積もり通り、五千万でいい」

「さすがは社長さんだ。危機管理の重要性をわかっていらっしゃる。では——」

西崎は郷原を見やった。パソコンの入っていたバッグから契約書を取り出す。

「こちらにご署名と捺印《なついん》をお願いします」

契約書を葛西に差し出す。

「大峰君、社判を持ってきなさい」

「しかし……」

「いいから。西崎さんの言う通り、顧客情報が流出すれば、我が社は一巻の終わりだ。対策してもらおう」

「……わかりました」

大峰は渋々立ち上がり、会議室を出た。

西崎が葛西の手元を見つめ、ニヤリとした。

西崎は、〈AZソリューション〉というIT会社の代表だった。

AZソリューションは、表向き、ソフトの制作販売、システムのプログラミング、企業のWEBサイト作成管理といったIT全般の事業を行なっている会社だ。

が、実態は、セキュリティーの甘い会社を探し出し、対策プログラムを法外な値で売りつけるＩＴゴロを生業《なりわい》とする会社だった。

前身は、ＭＩＫＡＳＡと同じく今はなきフレンドシップだ。徹也は、粉飾決算を指示した疑いをかけられ、自殺した西崎賢司の実弟だった。

西崎や郷原たち、一部の社員たちは、三笠崇徳が新設したＩＴ企業には籍を移さず、自分たちで会社を立ち上げた。それがＡＺソリューションだ。

当初は、兄の志を継ぎ、地道にソフト開発や企業内システムのプログラミングで稼いでいた。

が、大小のＩＴ企業が群雄割拠する中、売上は思うように伸びず、赤字が続いた。

ある時、郷原が、ＡＺソリューションの顧客だった自動車販売会社のセキュリティーに穴があることを発見した。

経営に窮していた西崎は、対策プログラムを作り、市場価格より高く売りつけた。

ターゲットとなった会社は、簡単に顧客情報が盗まれるデモンストレーションを目の当たりにし、西崎の言い値でプログラムを購入した。

味をしめた西崎は、同様の手口で高額なプログラムを売りつけ、経営を黒字に転換させることに成功した。

立て直した後は、あこぎな商売はやめるつもりだった。が、一度口にした蜜の味を忘れられず、徐々に裏稼業が主たる収入源へと逆転した。

もちろん、押し売りに応じない企業もある。

そういう企業には、制裁として脆弱性を示唆する情報を流したり、わざとセキュリティーホールを作り出して秘密裏に攻撃したりもした。

西崎の方針についていけなくなったかつての仲間の多くが辞めた。代わりに、ＩＴゴロも厭《いと》わない連中が運営に加わった。

次第に、社員は先鋭化し、いつしかＡＺソリューションはＩＴゴロの筆頭格として業界にその名が知れ渡るようになった。

大峰が社判を持って戻ってきた。

葛西が受け取り、契約書に捺印をする。

西崎は署名と赤々とした印影を確かめ、控えの一部を渡し、もう一部を郷原に渡した。

郷原は契約書をクリアケースに収め、バッグにしまった。

「ありがとうございました。システムのメンテナンスは、格安でさせていただきますので、今後ともごひいきに」

立ち上がる。

郷原も立ち上がり、共に会議室を出た。

葛西と大峰は苦々しい様相で西崎たちの残像を睨みつけた。

西崎は、駐車スペースに停めていた車の後部座席に乗り込んだ。

郷原が運転席に座り、バッグを隣に放る。まもなく、車が滑り出した。

「あの様子なら、もう少し盛れたな」

郷原が言う。

「五千万で十分だ。欲をかくと、小ネズミに牙を剝かせてしまう。生かさず殺さずでちょうどいい」

「おまえにはかなわねえな」

郷原はバックミラーを覗き、笑った。

電話が鳴った。

「俺のじゃないな。おまえだぞ」

郷原が言う。

西崎は上着の胸ポケットからスマートフォンを取り出した。繫ぎ、耳に当てる。

「もしもし、俺だ。うん……うん、そうか。報《しら》せてくれてありがとう。動きがあったら、また連絡をくれ」

手短に話し、電話を切った。

「なんだ？」

郷原が訊いた。

「三笠の娘が誘拐されたらしい」

「ほお、やっと動いたか」

郷原はニヤリとした。

「そのようだな」

西崎はフロントガラスの先を静かに見据えた。

5

「やはり、このあたりから先だな」

野村は、井の頭恩賜公園西園の東側にある玉川上水緑道に架《か》かるほたる橋近辺で立ち止まり、北西の万助橋方向へ続く道を見つめた。

三笠より、千尋の捜索を依頼された日から三日が経っていた。

野村は朝から晩まで、御殿山にある三笠邸から千尋の通っていた聖林女子学園高校までの道程を往復していた。

道の隅々まで目を凝らし、防犯カメラを見つければ交渉して映像を入手し、通りすがりの人にも片っ端から千尋の写真を見せ、目撃情報を集めた。

誘拐事件が発生した場合、まずは徹底的にその日の被害者の足取りを洗うことから捜査を始める。

足取りがつかめれば、拉致《らち》された現場が判明するからだ。

拉致されたであろう場所を特定した後は、現場や周辺でさらに入念な聞き込み、痕跡の捜査を行ない、犯人の足取りを追っていく。

誘拐のような特殊事案は、本来であれば解決にスピードを要するため、初動捜査に大人数を投入し、徹底して現場や関係者を洗う。

しかし、今回の捜査は野村一人。まずは、千尋が攫《さら》われたと思われる場所の特定から着手した。

三日間の聞き込みで、だいたいの様子はつかめてきた。

三笠千尋の行動は、十日前の五月九日午後四時十分前後までは確認された。

その日、千尋はいつものように自転車で聖林女子学園高校に登校している。そのまま授業を受け、放課後は教室で友人と話していた。

午後四時十分近く、千尋は学校を出た。

普段は、友達と共に三鷹の森ジブリ美術館から西園の西側を通って万助橋へ出るが、この日はピアノのレッスンがあったため、いつものように西園東側にある玉川上水緑道を一人、自転車で走っていた。

ほたる橋を過ぎるあたりまでは、西園にいた人や散歩している人、ランナーに確認されている。

しかし、そこから先は、ぷっつりと足取りが途絶えた。

野村は、万助橋方面へ歩を進めた。

ゆっくりと歩きながら、周囲を観察する。

木々に囲まれた道は砂利敷きで、西園からの見通しも悪くない。ただ、時折、樹木の幹が重なり合い、死角となる場所がある。

人通りもそこそこあるが、時間帯によっては三分から五分程度、人影がなくなるタイミングがある。

芝の養生や建設途中の公園管理事務所の工事柵《さく》がそこかしこに立ち、それもまた周囲の人々からの目隠しとなる。

野村は道行く散歩客やランナーを呼び止めては、話を聞く。いずれも、当日、千尋の姿は見ていない。

先へ進むと、砂利道と舗装されたアスファルト道の境が見えた。周囲は他の場所より少し広くなっている。

野村は、ふと足を止めた。作業着を着た男性が清掃をしている。

「すみません」

声をかけると、初老の小柄な男性が腰を起こし、顔を上げた。

「私《わたくし》、警視庁の者ですが」

身分証を提示する。

男性は目を細め、野村の顔写真と名前を確認した。

「いつもここで、掃除しておられるんですか？」

「公園中を掃除してるよ」

男性の返答は素っ気ない。

「ちょっと見てもらいたいものがあるんです」

野村は内ポケットから写真を取り出した。

「五月九日、今から十日前ですな。その日の午後四時十分から三十分頃、このあたりでこの娘さんを見かけませんでしたか？」

千尋の写真を男性の前に差し出す。

「知らんね。ずいぶん前のことだから、思い出せん」

「そうですか。お仕事中、失礼――」

写真をしまおうとした。

と、男性は何かに気づいたように、顔を上げた。

「五月九日といえば、ゴールデンウィーク明けの月曜日だね」

「そうですが、何か？」

「いや、関係ない話かもしれんが」

「気づいたことはなんでも聞かせてください」

「おれら、公園管理事務所から委託されて、武蔵野市のシルバー人材センターから派遣されている清掃作業員なんだがね。あの日は、若い清掃作業員がいたなあ」

「まれなことですか？」

「特別清掃する時や、木々の剪定《せんてい》や保護をする時なんかは若いのもいるんだけど、普段はおれらみたいな年寄りばかりだよ。あの日、特別な何かがあるとは聞いてなかったから、めずらしいなと思ってさ」

「どんな若者で、何人いました？」

「二十から三十くらいかなあ。大中小揃《そろ》った感じだよ。このへんの葉っぱを熊手なんかで掃いてたみたいだけどよ。秋冬でもないのに、葉っぱを掃除するってのも違うだろう？」

「それはそうですね」

　野村は懐から手帳を取り出し、聞いた話を書き留める。

「まあ、ここいらにタバコのポイ捨てをするバカもいるから、吸い殻なんかを集めてたのかもしんねえけどな」

「その若者たちを見たのは何時頃ですか？」

「四時くらいかなあ。公園内を一周して戻ってきたときには、もういなかったけど」

「戻ってきたのは何時頃です？」

「五時ぐらいだよ。道具もきれいに片づけてあったんだけどな。それも妙なんだよ」

「妙とは？」

「このあたりの掃除をする道具は、西園のテニスコートの前にある物置場から持ってくるんだけどな。あそこにいつもいる婆さんに訊いてみたら、若い連中が道具を持ってったり、返しに来たりしたことはないってんだ」

「つまり、その若者たちが使っていたのは、自前の道具ということですかね」

「ということだろうな。まあ、おれらが知らない業者もたまに入ってくることがあるから、そうした連中なのかもしれないけどさ。ちょっと覚えてたもんで話した。役に立ったか、刑事さん？」

「大いに。ありがとうございます」

礼を言い、再び歩きだす。

「見知らぬ若い清掃作業員か……」

野村は、手帳に書いた文字をペン先でつつきながら、ぼそりとつぶやいた。

第2章　計画

1

午後二時を回った頃、野村は一週間ぶりに、本庁に顔を出した。瀬田に呼ばれたからだ。捜査状況を報告してほしいという。庁舎へ入った野村は、副総監室へ足を運んだ。すぐさま中へ通された。応接用のソファーで瀬田と向かい合う。

「ご苦労様です。久しぶりの現場はどうですか?」

瀬田は挨拶代わりに訊《き》いた。

「還暦間近のオヤジにはきついよ」

皮肉交じりに言う。

瀬田は苦笑した。

「申し訳ありません。早速ですが、捜査の進展具合を聞かせてもらえますか?」

「せっかちなヤツだな」

野村は息をついて、ジャケットの前ポケットから手帳を取り出した。広げて、少し顔から離し、目を細めてメモ書きを見る。

「まず三笠千尋の足取りだが、最後に目撃されたのは五月九日の午後四時十分頃。場所は、井の頭公園西園の万助橋から三百メートルほど南東に入った場所にある遊歩道だ。誘拐されたとすれば、ここだろう」

「どんな場所ですか?」

「周りに木々が生い茂り、砂利道のあたりに少し広くなったスペースがあるところだ。その先は万助橋まで舗装された道が続いている。公園の入口には近いが、道が曲がっていて、ちょうど死角になっている空間だ」

「犯行の目撃者は?」

「今のところ、そうした目撃情報は得ていない。夕方で人通りはあるが、タイミングによっては通行人やランナーが三分から五分いなくなる。それだけの時間があれば、人を攫《さら》うことはできる」

「不審者の情報は?」

「当日の午後四時頃に、二十から三十歳くらいの清掃員三人を目撃したという情報はあるが、本事案に関係しているかはなんとも言えないな」

野村は言った。

「三笠千尋の交友関係はどうですか?」

「一応調べてみたが、現時点で特筆すべきものはないな」

息を吐き、口元を結ぶ。

目撃情報の聞き込みに当たる傍ら、千尋の友人や関係者から話は聞いていた。

千尋の友人のほとんどは、聖林女子学園の同級生だった。他は習い事のピアノ教室で知り合った者程度。交友関係は広くもなく、狭くもなくといった感じだった。

日々の行動範囲も吉祥寺近辺がほとんどで、あまり渋谷や新宿といった繁華街には出かけていなかったようだ。

男の影もなく、それといったトラブルも聞こえてこない。

夜な夜な遊び回るということもなく、帰宅が遅くなるときや花火大会などのイベントに出かけるときは、必ず父親の秘書の有島澪に連絡を入れていた。

澪に届いたメールも確認した。

調べてみた限り、日常生活はごくごく普通の、もしくは今時の子よりも真面目な女子高生のものだった。

瀬田は野村の話を聞き、腕組みをした。

「となると、犯人は純然たる身代金目的とみた方がいいのでしょうか」

「いや、そうとも言い切れない」

野村は手帳をめくった。

「三笠崇徳の秘書、有島澪から聞いた話だが、今、MIKASA内部で三笠降ろしの動きがあるようだ」

野村が言う。

瀬田の眼差しが鋭くなった。

「原因はなんですか？」

「給与格差のようだな。旧フレンドシップからの古参と新会社になってからの社員が待遇面で対立しているそうだ。それが労使紛争に発展し、三笠の解任にまで話が及んでいるということだ」

「なぜ、給与格差が生まれているんですか？」

「私もよくわからんのだが。有島が言うには、新しい社員と古参とでは、プログラミング技術や企画力に差があるらしく、その差を忠実に給与に反映させているそうだ」

「IT業界は日進月歩ですからね。若い方が柔軟で、ニーズを的確につかめるのかもしれません」

瀬田が自分の言葉に頷く。腕を解いて、野村を見やった。

「ということは、古参社員の一部が暴走したということも考えられますね」

「その線も調べてみるつもりだ。が、いかんせん、手が足りない。人を増やせないか？」

「それは……」

「娘が消息を絶って、もう二週間になる。そろそろリミットだ。あんたの立場もわかるが、これ以上悠長に構えていれば、娘の命は保証できん。旧フレンドシップの社員が関わっているとすれば、身代金目的だけではなく、怨恨《えんこん》という線もあり得る。三笠がフレンドシップを買収したことで、自分たちが育てた会社が消失したわけだからな。もしそうした側面も併せ持っていれば、それこそ娘の命は危ない。三笠に上からそう伝えろ」

「……わかりました。手配してみます」

瀬田が言う。

野村は首肯し、さらに口を開いた。

「もう一つ、頼みがある」

手帳のメモを一枚破る。野村はテーブルに置き、瀬田に差し出した。

瀬田は紙片を取り、手元を見た。

車の種類が数台分記されている。

「なんですか、これは?」

野村を見やる。

「千尋が失踪したと思われる場所の裏手に駐車場がある。五月九日の午後四時から五時までの防犯カメラ映像を確認し、その時間に出ていった車の情報だ」

「犯人は車を使ったと?」

「おそらく。小柄とはいえ人一人抱えて出るには人目が多すぎる。市民が集う公園で、大きなキャリーバッグを引きずっているのも目につく。誘拐してすぐ車に押し込み、逃走を謀る方法が最も合理的だ。顔見知りであれば、甘言で車に誘い込んだということもあり得る。しかし、さすがに私一人では、車の捜査にまでは手が回らん。そこでだ。それらの車の持ち主と駐車場を出てからの行き先を調べてもらいたい」

「ノムさん、増員は……」

「刑事課や特一以外の者ならいいだろう?」

「誰に頼むつもりですか?」

瀬田が訊く。

野村はにやりとした。

野村が庁舎を出て一時間後、かつての同僚だった東原清治がスーツに着替え、本庁から出てきた。

「あいつ、やっぱり面倒を押しつけやがって……」

坊主に刈ったゴマ塩頭をかき、野村が置いていったメモを手に井の頭公園へ向かった。

2

谷岡はレジ袋を持って、戻ってきた。家の中に入り、一階の松川の部屋を覗く。

「尚ちゃん、ごはん買ってきたよ」

「ありがとう。上に行こうか」

谷岡が頷く。

松川は読みかけの本を置いて、谷岡と共に二階へ上がった。ドアを開く。

ダイニングテーブルの椅子には、上田の姿があった。

「交代か？」

上田は谷岡と松川を見やった。

「夕食だよ。ちょっと早いけどね」

谷岡が言う。

上田はレジ袋を引き寄せた。中から弁当を取り出す。

「また、のり弁かよ。たまには肉を食わせろ、肉を！」

「お金がないんだよ……」

谷岡が困り顔で眉尻を下げる。

松川は二人の様子を眺めつつ、三畳部屋の引き戸を開けた。光が差し込む。

千尋は布団に横たわっていた。顔を上げる。

「ちょっと早いけど、夕飯だ」

声をかけて中へ入り、手と足を拘束した錠を外した。

千尋は上体を起こした。手首と足首を回し、立ち上がって部屋から出てくる。顔に被さった髪の端を指で梳《す》き、入口から最も遠い席に座った。

谷岡は棚からコップを四つ、冷蔵庫からペットボトルの麦茶を出して、それぞれに注いだ。

千尋はコップを取ると、冷たい麦茶を飲み干した。すぐ、谷岡が注ぐ。

「礼ぐらい、言ったらどうだ」

上田が睨《にら》む。

千尋は上田を見返し、弁当を取った。

松川は二人の様子を気にしつつ、千尋の向かいの席に腰を下ろした。

「じゃあ、いただきます」

松川が言う。谷岡も手を合わせて、いただきますと言い、箸《はし》を割った。

千尋と上田は何も言わず、黙々と食べ始めた。

千尋が錠を解かれ、部屋から出られるのは、食事とトイレ、シャワーを浴びるときだけだ。他の時間は部屋にいることを強制されている。

このシェアハウスに連れてこられた当初は制服姿だったが、今は谷岡のスウェットを着ている。

松川は白飯を口に運びながら、千尋を見やった。

千尋は家へ連れてきた当初から、騒がなかった。

油断させたいのか、あきらめたのかわからないが、一言も口を開くことなく、ただただ松川たちの指示に従っていた。

松川だけでなく、谷岡と上田も不思議な感覚に見舞われていた。四人で食事をしていると、まるで最初から四人暮らしをしていたような錯覚を覚える。それほど、千尋は空間に馴染んでいた。

もちろん、三人とも気を抜いているわけではない。が、ややもすると、もう錠はいらないのではないかと思うほど、千尋は落ち着き払っていた。

静かな食事が続く。

一番に食べ終えたのは、上田だった。箸を折って空箱に入れ、麦茶を飲み干し立ち上がる。

「もう、交代時間だろ？」

「どこに行くんだ？」

松川が訊く。

「気晴らしだ」

「また、パチンコに行くつもりか？　さっき、晋ちゃんも言ってただろう。手元の資金に余裕はないんだ」

「わかってる。勝ちゃあいいんだろ、勝ちゃあ」

「そう言って、いつも負けてるじゃないか」

「うるせえなあ……。こいつの身代金を取っちまえばチャラじゃねえか。グダグダ言うんじゃねえ！」

上田は椅子を蹴飛ばした。

谷岡がびくりとして、箸を止める。

上田は部屋から出ていった。

「洋介！」

谷岡が腰を浮かせる。

「いいよ、晋ちゃん。放っておけ」

松川はため息をついて、弁当を食べ進めた。

千尋が箸を置いた。弁当は空になっている。麦茶を飲むと、自分から両手首を合わせ、松川に突き出した。

「まだ、いいよ。僕と晋ちゃんがいるんだ。逃げられないだろう？」

千尋を見る。

いつもなら、千尋は席を立って、すぐさま部屋へ戻るところだ。

が、その日は椅子に座ったままだった。

「ねえ」

連れてきて二週間。初めて、千尋が言葉を発した。

松川と谷岡は驚き、箸を止めた。

「あんたらさあ、いつになったら身代金を取るのよ」

松川に目を向ける。怒っている雰囲気ではない。多少呆れた目つきだ。

「たった三千万でしょ？　親父のオフィスに乗り込んで、取ってきたらいいのに」

「いや、そんな簡単なものでは……」

谷岡が言葉を挟む。

千尋は谷岡に冷ややかな視線を送った。

「脅しが足りないから、ナメられてるんじゃないの？」

片頬を上げ、嘲笑する。

谷岡は弱り顔でうつむいた。

「どうして、そう思うんだ？」

松川が訊く。

「うちの親父なら、三千万くらいたいしたお金じゃないもの。ただ、それを出すかどうかはわかんないけどね」

「どういう意味だ？」

「あの人、何よりもお金が好きだもん。私に三千万も出したくないかもね」

笑みを浮かべる。が、どことなくやるせない。

「父親との間に、何かあったのか？」

「別に……」

千尋はそっぽを向いた。

「教えてくれないか」

松川が訊く。

しかし、千尋はそれ以上答えず、席を立ち、三畳部屋へ戻って戸を閉めた。

谷岡は視線で千尋の姿を追い、松川に目を向けた。松川は微笑み、小さく顔を振った。

二人で食事を続ける。

「尚ちゃん」

谷岡が声をかける。

松川は顔を上げて、谷岡を見た。

「ごめんね」

「どうしたんだよ、急に」

「だって、彼女の父親がどういう人間かはともかく、身代金の受け取りを延ばしてしまったのは、僕のせいだから……」

谷岡がうつむいた。

当初、この誘拐は一週間でカタを付ける計画だった。

千尋を攫って、上田が一日置きに脅しをかけ、松川が二日間だけ三笠の動向を見張って、その日の行動をつかみ、一週間後に谷岡が第三者のふりをして金を受け取りに行く、という予定だ。

一見、ずさんな計画に思えるが、実は理に叶っていた。

一日置きに脅しておけば、三笠も迂闊《うかつ》に警察へ連絡はできまい。

怪しい動きを見せた時には、松川が調べた日の行動の一部を三笠に伝え、終始見張っていると信じ込ませ、動きを封じる。

金の受け取り役の谷岡は、現場でもおどおどするはず。しかしその小心な感じがまた、三笠たちを攪乱《かくらん》する罠だ。

今にも殺さんばかりの勢いで怒鳴り散らす上田と小心な谷岡が仲間だとは、先方も考えないだろう。万が一のとき、知らない人に頼まれたと言っても、谷岡なら通用する。

何より、一週間ですべてを進めることが肝要だった。

日が経てば経つほど、三笠が警察へ連絡を入れるリスクが高まる。

一週間であれば、それはない。一週間と決めたのは、現金を用意させるためでもある。三笠なら対外的なイメージを優先して、金を用意すると踏んでいた。

しかし、いざ誘拐を実行した後、受け取り役の谷岡がどうしてもできないと言い出した。

気持ちはわかる。

松川の計画で三笠に顔を晒《さら》すのは、谷岡だ。最も危険な役目でもある。いざとなると足が竦《すく》むことはあるだろう。

だが、迷っている間にも時間は経っていく。タイミングを外せば、この計画は破綻《はたん》する。

松川と上田は懸命に谷岡を説得した。が、最後まで谷岡はできないと言い張った。

そして、リミットは過ぎた。

仕切り直しをするしかなくなった。

上田は憤怒し、それからは見張りの時以外、ほとんど家にいなかった。

谷岡は自分の不甲斐なさを詫《わ》びた。

谷岡とすれば頭を下げるしかないのだろうが、今さら謝られても意味を成さない。

松川は谷岡の失態を不問にし、改めて、金を取る算段を思案していた。

しかし、なかなか思いつかない。

三笠はすでに警察へ連絡をしていると考えた方が妥当だ。

警察が介入した身代金目的の誘拐事件が日本で成功したことはない。

どうしたものか……。

つい思案に耽《ふけ》る。と、谷岡が言った。

「尚ちゃん。彼女、このまま家に戻してあげようか」

顔を上げ、松川を見つめる。

「そして、ここを引き払って、三人で逃げよう。もしかしたら、何事もなかったように暮らせるかもしれない」

精一杯、笑顔を見せる。その目に涙が滲《にじ》む。

松川は下唇を噛《か》んだ。

やはり、それが一番かもしれない……。

松川の気持ちが傾きかけたとき、いきなり、三畳部屋の戸が開いた。

「あんたたち、何言ってんのよ！」

千尋が声を張った。

谷岡はびっくりして、身を固くした。松川も少々肝を潰し、目を丸くした。

千尋は戸口で仁王立ちし、二人を睨みつけた。

「何？　ここまで来て、あきらめるとか言うの？」

「君もその方がいい――」

「よくない！」

谷岡の言葉に、千尋が被せた。

「あんたたち、それでいいの？　こんな中途半端であきらめるくらいなら、最初から誘拐なんかするんじゃないよ！」

千尋が怒鳴った。

谷岡は肩を竦ませた。

松川の胸に、千尋の言葉が突き刺さる。

千尋がなぜ怒っているのか、真意はわからない。しかし、彼女の言う通りだ。

今、ここで投げてしまえば、一世一代の計画が尻切れトンボで終わる。

何も変わらない。

いや、犯罪すら満足にできないという傷が、三人の心の奥に残ってしまう。その小さな澱《おり》は、やがてだんだんと蓄積して胸中を蝕《むしば》み、みんなの生きる気力を奪ってしまうだろう。

なんのために、誘拐というリスクを冒したのか。

人生を変えるためじゃなかったのか。

今、変えられなくて、この先、何が変えられるんだ。

「あきらめたわけじゃない」

松川は千尋を正視した。

千尋が松川を見返した。

「どうするのよ」

「今、考えている。最良の方法を」

「そんなもの、あるの?」

「わからないけど、あきらめない。千尋ちゃん、だったね」

「気安く呼ばないで」

千尋は急に自信を取り戻した松川の態度に多少困惑の色を覗かせた。

「今日から錠はしない。監視もしない。表に出ることは遠慮してもらうけど、家の中なら自由に動いていいよ」

「尚ちゃん!」

谷岡が驚いて、目を見開く。

松川は千尋から視線を外さない。

「どのくらいで最良の方法を思いつくか、僕にも正直わからない。その間、ずっと今のように拘束しておくのは無理だ」

「いいの？　逃げちゃうよ？」

千尋は片笑みを浮かべた。

「そのときは、僕らの負けだ」

松川は笑顔を向けた。

千尋の顔から笑みが消える。

「バカじゃないの！」

松川を睨みつけ、音が鳴るほど強く、引き戸を閉めた。

リビングが一瞬、しんとなる。

やや間があって、谷岡が口を開いた。

「尚ちゃん……。本当に、彼女を自由にさせるつもりなのか？」

恐る恐る訊く。

「ああ、そうするつもりだ」

「逃げて、警察に通報されたら？」

「そのときは仕方なし。僕たちが愚かだっただけだ」

「そんな……」

谷岡の視線が泳ぐ。

「なあ、晋ちゃん。何かに本気で人生を懸けたことがあるか？」

松川が訊いた。

谷岡は答えない。

「上京した時、僕らはみんな、東京に人生を懸けてみた。けど、みんなして、挫折した。仕方ない面もあるけど、今になって思うんだよ。本気でかかっていったのかな、って。晋ちゃんはどう？」

「僕は……」

谷岡は、早々に漫画家の道からドロップアウトした自分を顧みて、口ごもった。

「あの時は、僕も晋ちゃんも洋介も本気のつもりだった。でも、覚悟が足りなかった気がする。長野にいた時から、何をするにも半端だった気がしてる。これじゃあ、この先、何も変わらない。今逃げたら、ダメになりそうな気がしているんだ」

松川は静かに語った。

「晋ちゃん。もし怖くて逃げたいなら、逃げてもいいよ。責めたりはしない。そもそも、僕らが今行なっていることは犯罪だから。無理して付き合う必要はない。僕は最後までやってみるよ」

谷岡に微笑みを向け、リビングのドアに歩み寄る。

「どこへ行くんだよ」

「洋介にも話してくる。晋ちゃん、もし出て行きたいなら、僕と洋介がいない間に出ていってもいいからね」

「彼女はどうするの？」

谷岡は三畳部屋に目を向けた。

「その間に彼女も逃げ出したら、それで終わり。その時はその時。捕まっても名前は出さないから、心配しないで。じゃあ、ちょっと出かけてくる」

松川は谷岡を残し、家を出た。

3

午後七時を回った頃、野村は自宅へ戻ってきた。年季の入った木造二階建てのアパートだ。

鍵穴に鍵を差し込み、回す。ドアを開くと、全体が揺れるように軋《きし》んだ。

大人の靴を三足も置けば満杯になるほどの狭い三和土《たたき》で靴を脱ぎ、部屋に上がる。床はみしりりと音を立てた。

三畳のキッチンの奥に八畳の部屋がある。居間は一部屋しかないが、押し入れは広く、独り身の衣服の収納には困らなかった。

部屋の片隅には位牌《いはい》と遺影があった。

二十年連れ添った妻の美保《みほ》だ。十年前に病死した。

子宝には恵まれなかった。

しかし、夫婦二人で生きていくことに不満はなかった。

美保が生きていた頃は、郊外の一軒家に住んでいた。が、妻が死に、妻との思い出が詰まる戸建てで独り暮らすのはつらかった。

三回忌を済ませた後、野村は家を売り払い、家財道具も処分して、わずかばかりの衣服と妻の遺影位牌を持って、現在のアパートに移り住んだ。

冷蔵庫を開けた。缶ビールを一本取り出し、遺影の前に胡坐《あぐら》をかく。

「ただいま」

声をかけ、プルを開けて、ビールを喉に流し込む。初夏の日差しの中を歩き回った体に、ほろ苦い琥珀《こはく》色の炭酸が染みた。

野村は転居を機に、一線から退き、現在の企画第一係に異動した。

現場に出る気力が失せた。

妻を旅行に連れて行ったこともなかった。

約束はするものの、事件が起これば捜査優先となる。災害が起これば、家人の安否より先に一般市民の安否の確認に追われる。ついぞ、夫婦旅行は実現できないまま、妻は独りで遠くへ旅立った。

警察官の性《さが》とはいえ、妻の死を目の当たりにした時、わずかでも妻のために時間を割いてあげられなかったことを悔いた。

以来、仕事はできるだけ早めに切り上げ、遺影の前であっても、妻と過ごす時間をなるべく多く取るようにしている。

野村は、ビールを半分ほど飲み、立ち上がった。ジャケットを脱ごうとする。と、ドアがノックされた。

「誰だ……?」

野村はジャケット姿のままに玄関へ出た。ドアを開ける。

「勘弁してくれよ、ノムさん……」

東原だった。

歩き回ってくたくたの様子だ。東原は靴を脱ぎ、勝手に部屋へ上がった。これまた勝手に冷蔵庫から缶ビールを取り出し、居間へ入る。

「美保さんと飲んでたのか?」

「まあな」

野村が微笑む。

妻の生前は、野村夫婦と東原夫婦は家族ぐるみの付き合いをしていた。野村がどうしても捜査で自宅に戻れない時、東原の嫁に妻の面倒をみてもらうこともあった。

東原は遺影の前に腰を下ろし、プルを開けた。野村が隣に座る。

「とりあえず」

東原は缶を美保の遺影に掲げ、野村のビール缶と合わせた。

ぐっと缶を傾け、ビールを流し込む。

「あー、うまいな」

東原は手の甲で口元を拭《ぬぐ》った。

「つまみもメシもないぞ」

「あとで外に食べに行こう。まずは、仕事の話だ」

東原が切り出した。野村の顔が刑事の顔になる。

東原はスーツの内ポケットから膨れた封筒を取り出した。

「おまえがリストアップした車の所有者は、陸運局に行って割り出してきたよ」

封筒から四つ折りにしたA4サイズのコピー用紙の束を取り出し、広げ、テーブルの上に並べていく。

「そのうち、三笠千尋が消息を絶った後、午後四時二十分から五時までに駐車場を出たのは、この三台だ」

東原が写真入りのコピーを並べる。

一台はモスグリーンのセダン、一台は焦《こ》げ茶色のワンボックス、もう一台は白いワゴンだった。その他、銀色のコンパクトカーとブルーメタリックのスポーツ車の資料もある。

「コンパクトカーとスポーツ車は、午後四時ちょい過ぎに駐車場から出ている。この二台も一応調べたが、除外してよさそうだな」

「このセダン、ワンボックス、ワゴンのいずれかということか」

野村が指を差した。

「もし犯人が車を利用したとすれば、その三台のうちのいずれかだろう」

「駐車場以外の可能性は、どうみた？」

野村が訊く。

「難しいだろうな。吉祥寺通りに路駐している車に連れ込むには、人目に触れすぎる。当日の同時刻に園内に車が入っていたという証言はない。ジブリの方にも駐車場はあるが、そこへ運ぶにもまた人目が多い。おまえが特定した万助橋あたりから運び出すには、裏手の駐車場が一番だ」

東原はすらすらと答えた。

野村は微笑み、頷いた。

東原の見立てなら、間違いないだろう。

共に第一線で数々の事件を解決してきた仲だ。互いの手腕は知っている。

「人物については？」

「所有者の内偵はまだだ。今日は陸運局に行くのが精一杯だったからな。その三台の追跡調査も間に合わなかった。すまない」

「いやいや、突然だったから」

「誰が突然にしたんだ?」

東原は野村を睨んだ。

野村はビールを含んでさらりとかわした。

「現場は見てきたんだろう?」

東原に訊く。

「見なきゃ、仕事にならないからな」

「セイさんは、私の見立てをどう思った?」

「まず、間違いないだろう。あの公園へのスペースは死角になっていたし、人通りも途切れる。五分もあれば、駐車場までは運べる。しかし、あの場所で攫うとすれば、犯人は相当下調べをしているな。そう考えて、ふと気になって調べてみたんだけどな」

東原は三台の車資料のコピーを引き寄せた。封筒を足下に置く。

「この封筒の場所が、攫われたと思われる現場。おまえの側が駐車場だ」

指を差す。

野村は東原の手元を見ていた。

「で、各車の並びはこうなっていた」

東原は封筒の前に三台の車のコピーを並べた。

「セダンは中央付近にあった。ここへ運び込むには、駐車場の管理人や散歩客の目に付きすぎる。娘が誰かに誘われて車に乗り込んだという可能性もあるが、管理人と防犯カメラ映像で確認したところ、そうした目撃証言や映像はなかった。こいつは外していいと思う」

　東原はセダンの写真を除いた。

「ワンボックスは駐車場南側の遊歩道に接している中央あたりにあった。ここは結構人通りが多いが、管理人のブースからは死角になるし、娘だけを乗せたとすれば、ここも有力な場所になるだろう。だが、一つ問題がある。娘の白転車もなくなっているという点だ。自転車を載せるには、バックドアを開かなければならないが、ここでバックドアを開け放っていれば、必ず誰かが目撃しているはず。ところが、そうした目撃証言は出てこない。このワンボックスの可能性も薄いと思う」

　東原はワンボックスのコピーも取る。

「残ったワゴンだが、こいつは現場と思われる広場に接した茂みにリアを向けている。このあたりは裏通路に当たり、視界は開けているものの人通りは少ない。また、バックドアを開けていても、あまり気にならない。人に見られても、清掃員を装えば道具や自転車を載せてもただの作業にしか映らないだろう」

　東原が訊く。

　野村の眼差しが鋭くなった。

「時間もないことだ。まず、この白いワゴンに的を絞《しぼ》って当たってみようと思うんだが、どうかな、ノムさん？」

東原がにやりとした。

「その線は悪くない。頼むよ」

野村が首肯する。

「よし、決まった」

東原は太腿を叩いて、立ち上がった。

「とりあえず、捜査の続きは明日だ。メシを食いに行こう。腹が減っては戦《いくさ》はできない」

「そうするか」

野村も膝に手を突き、立ち上がった。

4

気がつけば、五月も末日となっていた。

松川たちの家では、誘拐した者たちとされた者が共に暮らすという奇妙な生活が続いていた。

拘束を解かれた千尋は、食事の後テレビを観たり、ゲームをしたりと、気ままに過ごしていた。

その様子は、女子高生の休日そのものだ。

上田とは相変わらず言葉を交わさないが、松川、谷岡とは顔を合わせれば話すようになっていた。

その日の夕飯時、上田は相も変わらずパチンコに出かけていた。松川と谷岡は、千尋と三人で弁当をつついていた。

軽い雑談を交わし、時折、笑みがこぼれる食卓には、とても犯罪が進行中であるとは思えないほどの和《なご》やかな空気が流れていた。

「尚ちゃん、受け取り方法、思いついた？」

千尋が訊く。

千尋は、日頃、松川たちが呼び合っている名前で松川たちのことを呼ぶようになっていた。フルネームは明かされていない。

「まだだ」

松川は雑談でもするかのように答えた。

「洋介はともかくさあ、晋ちゃんは何か思いつかないの？」

千尋は谷岡を見た。

「僕には、そんな頭ないから」

「漫画家志望だったんでしょう？　想像、想像」

「それができなかったから、挫折したんだよ」

谷岡は苦笑し、麦茶を少し飲んだ。

「千尋ちゃんはまだ出て行かないのか?」

松川が訊いた。

「なんで?」

千尋はきょとんとする。

「なんでって……。この手詰まり状況を見てたら、いつ身代金を受け取れるかわからないだろう? いい加減、疲れたんじゃないかなと思って」

「疲れてなんてないよ。拘束されていたら別だけど、今は自由にさせてもらえてるし。むしろ、学校休めて楽しいくらい」

千尋は白飯を箸で摘《つま》み、口に入れた。

松川と谷岡は顔を見合わせ、ふっと微笑んだ。

「怖くないの?」

谷岡が訊く。

「何が?」

「いや……ほら、誘拐した男三人との共同生活じゃない。見も知らない男たちと暮らすのって、怖くないかなと思って」

「私に何かするつもり?」

千尋が大きな瞳を細め、じっと見つめる。

「な……何もしないよ……」

谷岡がドギマギする。

千尋はすぐに笑いだした。

「うそうそ、ごめん。晋ちゃんが何かするわけないもんね」

楽しそうに目尻を下げる。

「私、本当に楽しいんだ。一度、こういうことしてみたかったから」

千尋は言った。

松川には意外だった。

下調べのときの千尋の日常は、真面目な女子高生そのものだった。友達との関係もよさそうで、夜な夜な出歩いたりすることもない。

悩みのかけらもなさそうな天真爛漫な少女に見えたが、そうでもなかったようだ。

「家は嫌いなのか？」

松川が訊いた。

「うん、嫌い」

千尋は躊躇《ちゅうちょ》なく答えた。

「なぜ？」

「お母さんがいないから」

「出て行ったのか？」

「死んだ」

千尋が言う。

松川と谷岡は言葉を詰めた。

「ごめんね、知らなくて……」

谷岡が目を伏せる。

「そりゃあ、知らないでしょう。赤の他人だもの」

千尋は笑った。

「いつ亡くなったんだ？」

松川が訊いた。

「十二年前。私が五歳の時。お母さん、病気がちでさ。どこかに一緒に出かけたりとかした記憶はあまりないけど、すごく優しかった。親父はその頃から忙しくて、ほとんど家に帰ってこなかったけど、私にはお母さんがいれば十分だった。でも、私が幼稚園から帰ってきたときだったな。急に具合が悪くなって。お姉さんみたいに思ってる澪さんって人が救急車を呼んでくれて、親父にも連絡してくれて、一緒に病院へ行ったんだけど、それから一日ももたずに逝っちゃった」

「苦しまず、家族に看取られたんだね」

松川が言うと、千尋は首を横に振った。

「あの人は来なかった」

「あの人？」

「親父」

宙を睨む千尋の眉間に皺《しわ》が立つ。

「澪さんが何度も何度も電話してくれたのに、最期まで来なかった。葬儀の手配まで、澪さんに任せっきり。あの人が来たのは、火葬が終わったあとだった」

千尋は乾いた口調で話した。

「それで、お父さんを嫌いになってしまったのか？」

「嫌いとかじゃないよ。お金で扶養してくれている赤の他人」

千尋が宙に視線を投げる。淋しさを通り越した無感情な瞳だった。

動向を見る限り、なんの不自由もない恵まれた少女だと思っていたが、胸の内に拭い難い思いを抱えていた。

「お父さんにいい思い出はないんだね」

谷岡が言う。

「あんまりね。でも、全然ないわけじゃないんだよ」

千尋は谷岡に顔を向けた。

「いいことあったの？」

「お母さんが死ぬ半年前くらいだったかな。白樺《しらかば》湖に行ったの。電車で」

「電車？　車じゃなくて？」

「うん。なんでも、親父とお母さんが結婚する前に、よく電車で蓼科《たてしな》高原に行ってたんだって。お母さんがどうしても行きたいって言ってね。家族三人で出かけたの。向こうでレンタカー借りて、お母さんたちがよく行っていたというペンションに泊まって。宿泊先では、お母さんはずっと部屋にいたけど、それでもとてもうれしそうだったのを覚えてる。その時の親父の顔、家では見たことないくらい優しかったな……」

千尋は遠い目をした。

松川が口を開いた。

「蓼科だと、新宿からスーパーあずさか、あずさに乗ったんだな」

「よく覚えてない。けど、そうなんだろうなとは思う。中学生の頃、スキー合宿で長野に行った時にスーパーあずさに乗ったけど、なんとなく景色に見覚えがあったから」

「貸し切りバスじゃないの？」

谷岡が訊く。

「重い荷物を持って電車で旅行に行くのも社会勉強だ、とか言ってたなあ、担任の先生。当時はめんどくせーってみんなで言ってたけど、今考えたら、電車の方が楽しかったかも」

千尋は言って、フライを食べた。

松川は箸を止め、腕組みをしていた。小難しい顔をして、テーブルを見据えている。

「あれ？　私、そんなにヘンな話をした？」

谷岡を見る。谷岡は首を傾げて、松川に目を向けた。

松川はぶつぶつと小声で何かをつぶやいていた。そして、いきなり顔を上げた。

「うん、電車だ！」

千尋と谷岡がびくっとした。

「何よ、急に……」

千尋が箸を止める。

「電車だ！　って、何？」

谷岡が訊いた。

松川は谷岡と千尋を交互に見た。

「身代金の受け取り方法だよ。電車を使おう」

「電車の中で受け取るってわけ？」

千尋が訊く。

「いや、そんな単純なものじゃあ、すぐ捕まってしまう。ちょっとまとめてくるよ」

松川は言うと、弁当を食べ残したままリビングを出た。

谷岡と千尋は顔を見合わせ、きょとんとするだけだった。

5

野村は自宅で東原を待っていた。

東原との情報のやり取りは、毎回野村のアパートで行なっていた。本来なら、捜査員を交えて本庁で行なうところだが、現在捜査しているのは野村と東原しかいない。加えて、極秘捜査だ。

仲間内の目に付かないところが最適だった。

東原とは、手分けして、白いワゴンの行方《ゆくえ》を追っていた。

野村は地道に店やマンションに取り付けられた防犯カメラやオービスの画像を調べ、白いワゴンが走り去った方向を調べた。

東原は白いワゴンの持ち主を特定し、車の所有者の線から五月九日の足取りを追っていた。

午後六時を回ったころ、東原がアパートに顔を出した。

「ふう、足腰に堪《こた》えるな……」

東原はハンチング帽を脱いで、ポケットからハンドタオルを出し、汗に光る坊主頭を拭った。

冷蔵庫から缶ビールを取って、居間に入る。

「お疲れさん。どうだった?」

「厄介だな、あのワゴン」

東原は野村の対面に座って胡坐をかき、缶ビールのプルを開けた。一口、ビールを飲み、大きく息をつく。

「元は建設会社の持ち物だったんだが、三年前に手放している。そこから三人、所有者が代わっているんだが、そのうち二人が見つからねえ」

「転がしたということか？」

「たぶんな」

東原は頷き、再び、ビールを呷《あお》った。

〝転がした〟というのは、転売を繰り返し、名義をわからなくしたという意味だ。家や車、携帯電話など、所有者名が明示されるものに対して行なわれる手口だが、そのほとんどは反社会的行為を目的としたものだ。

「しかも、めんどくせえ話なんだけどな。転がしたのはナンバーだ」

「ナンバープレートか？」

野村の言葉に、東原は頷いた。

「グレーのワンボックスに付けていた番号だったようだ。元の車は廃車届けも出ていないし、今どこにあるのかもわからない。山の中に放置されているのかもしれないな」

「転売所有者のうち、一人は見つかったんだろう？」

「ああ、六十代ホームレスの一戸幸三《いちのへこうぞう》という男だ」

「そいつが、建設会社の者から直接、買ったのか？」

「いや。一戸の話によると、山谷《さんや》の寄せ場で仕事を探していたとき、手配師ふうの男に免許証の売買を持ちかけられたらしい」

「手配師ふうとは？」

「本物の手配師かどうかはわからないって意味だ。見たことのない顔だったと言っていたから、おそらく手配師ではないのだろう。免許証は三万円で売ったと話していた」

「他の二人も、同じように山谷で身分証を売ったのか？」

「わからない。一応、登録名と住所を頼りに調べてみたが、免許証に記載された住所には当然いなかった。身寄りも見つからない。これ以上は、一人で調べるのは無理だよ」

「そうだな」

「手配師ふうの男は、四十前後の大柄な男だと言っていたが、具体的な人相風体《ふうてい》に関しては曖昧な記憶しかなかった。で、一戸もまた姿を消しちまった」

「逃げたのか？」

「おそらくな。ドヤ街の住人となれば、あまり俺たちと関わりたくない人種だろうから。しかし、一戸の話が本当なら、かなり面倒だな。三年前から身代金目的の誘拐を計画していたということになる」

東原はビールで喉《のど》を潤した。

野村も腕組みをし、眉間に皺を寄せた。

犯人グループが要求してきた金額に鑑《かんが》みて、犯人たちに周到な計画性は感じなかった。が、三年前からナンバープレートまでロンダリングして計画していたとなると、野村の見立ては違っていたことになる。

だが、どうも腑に落ちない。

「ノムさんの方は、何かわかったかい？」

東原が訊いた。

「白ワゴンの走行経路は、だいたいのところはつかめた」

野村はテーブルの端に置いていた地図を足下に広げた。吉祥寺以西の都下の地図だ。

「万助橋の駐車場を出た車は、吉祥寺通りを南下して多摩川を越え、その後、川崎街道を西へ向かった。各所の防犯カメラやオービスで画像、映像を確認しながら追跡した結果、車は連光寺付近で消えている」

「聖蹟桜ヶ丘方面だな。一週間以上、歩いて探したのか？」

「仕方ないだろう。一人で調べなきゃならなかったんだから」

「いい運動になったな」

東原はからかうように笑う。

「老体には運動過多だ」

野村は苦笑した。

「聖蹟桜ヶ丘近辺の捜査は？」

「特定できたのは今日だ。さすがにそこまでは手が回っていない」

「普通、ローラーをかける話だもんな」

「まったくだ」

野村はため息をついた。

「白ワゴンに乗っていた連中は特定できたのか?」

「個々人の特定はまだだが、駐車場管理人の話から、作業員ふうの若い男たちだったということはわかっている」

「やはり、若い清掃作業員というのが怪しいな」

東原が言う。野村は頷いた。

「犯人グループからの連絡は?」

「まだ来ていないそうだ」

「通話記録の解析は?」

「発信基地と携帯番号は特定できた。しかし、携帯はトバシのようで、発信基地も一様ではなかった」

「そっちからは追えそうにねえか。そうなると、やっぱり聖蹟桜ヶ丘近辺を人海戦術でしらみ潰しに当たる方が早いな。事案発生からもう三週間以上経っている。ノムさん、そろそろ娘が危ないぞ」

「私もそう思っている。明日にでも、副総監に捜査結果をまとめて報告し、特一を引っ張り出そうと思っているのだが」

「その方がいい」

東原は残ったビールを飲み干した。

野村は足元の地図に目を落とし、聖蹟桜ヶ丘付近を見据えた。

6

松川は三日間、自室にこもり、計画を練り上げた。

その日の昼食後、いつものようにパチンコへ出かけようとする上田を止め、千尋を含めた四人でキッチンのテーブルについた。

「みんな。千尋ちゃんを攫って一ヶ月後となる六月九日の正午前に、身代金奪取を決行することにした」

松川は全員を見回した。

三人の顔が心なしか強張《こわば》った。千尋にもなぜか緊張が伝染している。

「これが最初で最後だ。成功しても失敗しても、千尋ちゃんはその日の午後、解放する」

松川は千尋を見やった。

千尋は、どこか淋しそうに瞳をうつむけた。

「どうするんだ?」

上田が訊いた。

松川は頷いて、クリアファイルから用意していたプリントを出した。上田と谷岡、千尋にも配る。

「電車を利用する」

「電車の中で受け渡しをするのか？」

「いや、実際に金を受け取るのは、ここだ」

松川はタブレットを取り出した。地図を表示して拡大し、テーブルの中央に置く。

三人が身を乗り出し、タブレットのモニターを覗き込んだ。途端、誰もが目を丸くした。

「ここ、中央高架下公園じゃない！」

千尋は声を上げ、松川を見た。

松川は頷いた。

「そう。この公園で千尋ちゃんのお父さんを待ち伏せして、金を奪う」

「大丈夫？　千尋ちゃんの家のすぐ近くだし……」

谷岡の声が震える。

「だからこそ、いいんだ。警察も、まさか誘拐された千尋ちゃんの地元で受け渡しが行なわれるとは思わないだろう？　そこが盲点というわけ」

「なぜ、電車を使うんだ？」

上田が訊く。

「攪乱するためだよ」

松川が上田を見やった。

「そのプリントを見てほしい」

松川に言われ、三人が椅子に座り直し、それぞれがプリントを手に取り、見やる。

「まず、三笠さんにはサラリーマンのような恰好をして、ビジネスバッグと紙袋を持ち、京王井の頭線吉祥寺発午前十時五十六分の急行で終点の渋谷に向かってもらう。その時、紙袋を網棚に置き、その下に座ってもらう。渋谷に到着後、三笠さんには紙袋を網棚に置いたまま電車を降り、いったん改札を出てもらう。攪乱だね。そしてすぐ戻ってもらい、向かいの1番線に停車している十一時十六分発の急行に乗り換え、吉祥寺に戻らせる」

「金の入った紙袋を置いたままか？」

上田が言う。

「いや、そっちに金は入っていない」

松川が言う。

「三笠さんが乗ってきた急行は、渋谷で折り返し、各駅停車吉祥寺行きとなる。三笠さんが折り返しで吉祥寺に戻ってくる急行が到着するのが十一時三十二分。紙袋を乗せた各駅停車が吉祥寺に着くのが十一時四十七分。十五分のタイムラグがある。その間に、三笠さんには自宅へ戻るふりをして中央高架下公園を通ってもらい、そこで僕たちが本当に金の入ったビジネスバッグを受け取り、車で逃走する」

「なるほど。紙袋を置いたままの電車に、警察を引き付けておくというわけだね」

谷岡が言う。松川は首肯した。

「もうすぐ一ヶ月になるからね。三笠さんはすでに警察に連絡を入れていると考えた方がいい」

「でもさあ。親父には、警察の人が張りついているんじゃないの？」

千尋がプリントを見ながら言う。

「まず、現金の受け渡しを犯人が指定してきた際、警察は現金授受の瞬間、逮捕しようと警官を集中させる。そこに多くの人員を割かせる。二、三人はその後も三笠さんの動向を張ると思うけど、その際は尾行になるだろうから、三笠さんの後ろをついているだけ。そこで、三笠さんには高架下公園にあるドーム状の滑り台裏にある砂場に回り込んでもらう。そこに僕が待機している。駅から歩いてくると、その小山状の滑り台は尾行者の死角となる。その一瞬にバッグをすり替え、三笠さんにはいきなり走ってもらう。そうすれば、尾行者も不審に思い、追いかけるからね。僕は様子を見て、金の入ったバッグを持って、洋介が待つ車に戻る。洋介は高架下公園の並びにある駐車場に待機していてもらいたい」

「バレたときは？」

「バレそうになったときは、僕はそのまま吉祥寺駅に出て、電車に乗って家に戻る。洋介は素知らぬふりをして、僕を置いたまま車を出してくれ」

「バレたときはと聞いているんだ」

　上田が松川を見つめる。

「そのときは、僕が捕まるだけ。洋介と晋ちゃんは逃げてくれ」

「尚ちゃん一人が捕まるっていうの？」

　谷岡が松川に目を向ける。

「みんなして、人生を棒に振る必要はないよ」

　松川は微笑んだ。

「千尋ちゃんはその時点で解放してあげて。千尋ちゃん、誘拐犯がこんなことを頼むのもおかしな話なんだけど、もし、僕が捕まって保護された後、警察に事情を尋《き》かれたら、僕一人の犯行だと言ってほしいんだ。お願いできるかな？」

「何それ」

　千尋が笑う。

「でもまあ、いいよ。洋介はともかく、晋ちゃんがかわいそうだから」

　千尋が言う。

　上田は千尋を睨んだ。谷岡は少しだけ目を潤ませた。

「順調に事が運べば、午後二時までには僕と洋介は戻ってこられる。バレそうになって、僕が逃走したときでも、うまく警察を撒《ま》ければ、夕方までには戻ってくる。午後六時を過ぎても、僕が戻ってこなかったり、僕からの連絡が入らなかったりした場合は捕まったとみなして、その時点で千尋ちゃんを解放し、洋介と晋ちゃんは逃げてくれ。できれば、洋介と晋ちゃんはバラバラの方がいい」

「一人で逃げなきゃいけないの？」

谷岡が不安を覗かせる。

「一緒だとリスクは高いよ。少しの間だから、がんばって」

松川は微笑み、強く頷いて見せた。

「ともかく、成功すれば、そうした心配もしなくていい。このままいたずらに時間を引き延ばしても仕方がない。もう、ここいらで実行しないとね」

松川は上田と谷岡を交互に見た。

「わかった。この計画で行こう」

上田は顔を上げ、松川を見返した。

「僕はどうすればいいのかなあ……」

谷岡はプリントを見つめる。

「そこに書いてある通り、成功を祈って、千尋ちゃんとここで待機しておいてくれればいい。現場には僕と洋介だけで向かう」

「私も行きたいな」

千尋が言った。

「おまえ、警察がいるのを確認して、逃げる気だろ？」

上田が言う。

「逃げるなら、とっくの昔に逃げてるよ」

千尋は上田を睨んだ。

「あの人が困る姿を見てみたいんだ」

千尋はプリントを軽く握りしめた。親子だからこその複雑な感情が、震える紙の皺に表われる。

「気持ちはわかるけど、受け渡しを成功させるには、少人数で動くことが大事なんだ。晋ちゃんとここで待っていてくれないか？」

松川が諭《さと》す。

「……仕方ないな。わかった」

千尋はプリントを折り畳んだ。

「じゃあ、晋ちゃんもそれでいいね？」

「うん……」

谷岡は不安げにうつむいた。

無理もない。松川も自分で計画を立てておきながら、不安で仕方がなかった。が、実行する機会は、もうここしかない。必死に湧きあがる不安や恐怖を抑え込んでいた。

「じゃあ、これでいくよ。三日後の月曜日に三笠さんに連絡を入れる。その三日後に受け取りを実行する。それと千尋ちゃん」

松川は千尋に顔を向けた。

「三笠さんに連絡する時、少し協力してほしいんだけど」

「何？」

「三笠さんをこっちの思い通りに動かすため、ひと芝居打ってほしいんだ」

「『きゃー』とか、『助けてー』とか言えばいいの？」

「まあ、そんなところ」

「楽しそうね。いいよ」

「おいおい、大丈夫か……」

上田が口角を下げる。

「こう見えても、学祭の演劇で主役張ったこともあるんだから」

「いや、そういう意味じゃなくてな……」

上田がため息をつく。

松川と谷岡は顔を見合わせ、笑った。

「じゃあ、みんな。六日後の実行日まで、体を休めてくれ」

松川は三人を見て、頷いた。

7

三笠は、本社ビル最上階にある社長室にいた。

デスクには、犯人との連絡用に使っているプライベート携帯を置いていた。パソコンのモニターで仕事をしつつも、時折、携帯に目を向ける。

千尋が誘拐されて以降、社長室に通すのは秘書の澪だけにしていた。用事があるときは澪を通すようにし、面談しなければならない場合は自ら出向いた。

週末、瀬田副総監から連絡があった。

誘拐事案を扱う特殊第一係を投入したいという申し出だ。これ以上、事態を長引かせては、千尋の身にも危険が及ぶという。

三笠は逡巡《しゅんじゅん》した。

千尋の無事を誰よりも願っているのは、他でもない、三笠自身だ。親兄弟とはとうの昔に縁を切った。今、身内と呼べるのは千尋だけ。失いたくはない。

一方社内では、三笠降ろしの勢いは加速していて、反社長派の一部が、千尋の誘拐事案を嗅ぎつけたかもしれないという報告も澪から上がっている。

彼らが、千尋の事件解決に専念してほしいと持ちかけてくることも考えられる。心配からではない。

そうして三笠を会社から追い出している隙に、社内の反体制勢力を一気に拡大するためだ。

同じことを、十三年前に経験している。

当時、三笠は投資会社を経営していた。

あらゆる情報源を駆使してリーマンショックを予見し、損害を最小限に留めてうまくすり抜け、ITバブルに乗って同業他社を出し抜き、成長を続けていた。

が、右腕を務めていた副社長が突然牙を剝《む》き、会社を乗っ取ろうとした。事に気づいたときには、すでに株主の半数を口説き落とす勢いだった。

もちろん、三笠も指を咥《くわ》えて見ているわけではなかった。

株主や後継人の支持を得ようと奔走した。

そもそも、三笠個人の経営手腕で伸びてきた会社だ。株主たちの支持も徐々に戻ってきた。

その矢先、春子が倒れた。

元々病弱で、入退院は繰り返していたが、深刻な状況に陥った。

副社長も、この時ばかりは人道的な配慮を見せ、一時休戦を申し出てきた。

春子のことは、この副社長もよく知っている。会社を起ち上げた頃は、家族同然の付き合いをする仲だった。

三笠は副社長の気持ちを受け取り、半年間、春子に付き添った。ただ、当時まだ四歳の千尋には無用な心配をかけたくなかったので、なるべく顔は合わせず、仕事に没頭しているふうに見せていた。そのせいでかなり嫌われてしまったようだが……。

ともあれ、春子は回復した。

しかし、半年後、会社に復帰したときにはすでに、副社長は半数以上の株主と役員の支持を自分の手中に収め、再び乗っ取り態勢を整えていた。

憤怒に駆られた三笠は、強引な巻き返しに出た。

金をばらまき、私財を投じて、無茶なＴＯＢ（株式公開買付け）も行なった。

だが、焼け石に水だった。

あっという間に資金は尽き、親類縁者からも見限られ、会社を追い出されることとなった。

現況は、当時の状況とよく似ていた。思い出すだけでも当時の忸怩《じくじ》たる思いが込み上げる。

二度とあのような屈辱は味わいたくない。

三笠は、熟考した末に、副総監の瀬田の申し出を断わった。

今、会社に捜査員が詰めかければ、必ず反社長派の連中に食い込まれる。気は抜けない。

事と次第によっては、犯人に金を払ってでも穏便に済ませたい。

「二度と渡さんぞ……」

三笠は宙を睨み、拳を握り締めた。

その時、デスクの携帯電話が鳴った。

三笠はわしづかみにして、二つ折りの携帯を開いた。ディスプレイには千尋の名が表示されている。

反射的に通話ボタンを押した。自動的に内蔵SDカードへの録音スイッチも入る。

「もしもし!」

三笠の語気がつい強くなる。

――三笠だな。

ボイスチェンジャーを通した声が耳に飛び込んできた。

犯人だ。

「ああ、私だ! 千尋は!」

――無事だ。今のところはな。

声の主が言う。

三笠は横目で携帯を睨んだ。

社長室のドアが開いた。澪が飛び込んできた。

三笠のプライベート携帯に着信が入ると、澪の携帯も同番号の電波を拾うよう、野村を通じて警察に設定させられていた。

三笠はちらりと澪に目を向け、頷き、出ていくよう左手の甲を振った。

澪は首肯し、部屋を出てそっとドアを閉めた。

——今のは警察か？

犯人が訊く。

「違う！　私の秘書だ。追い出した」

——どうせ、警察には通報しているんだろう？

「そんなことはない！」

三笠が言う。

犯人の小さな笑い声が、携帯を通して聞こえた。

——まあ、どちらでもかまわない。これから、現金の受け渡し方法を伝える。一度しか言わないから、メモでも録音でもしろ。

「ま、待ってくれ！」

三笠は引き出しからメモ用紙とボールペンを取り出した。

電話の向こうは無言で三笠を待っている。三笠はメモを広げ、ボールペンを握った。

「用意できた」

——では、言うぞ。現金を一万円紙幣で三千万用意して、紙袋に入れろ。その紙袋を持って、六月九日、午前十時五十六分吉祥寺発の京王井の頭線渋谷行き急行に乗り、〈2号車1番ドア〉を入って1号車側の連結器寄りの角席に座れ。紙袋は網棚の上だ。そのまま渋谷まで行き、紙袋を置いたまま、一度改札を出てすぐ戻り、反対側に停車している十一時十六分発の吉祥寺行き急行に乗り換えて、吉祥寺まで戻れ。以上だ。

「千尋は！」

——無事に金を受け取れれば、すぐにでも解放する。家で待て。

犯人は言うと、一方的に電話を切った。

「おい！　もしもし！　もしもし！」

三笠は携帯を握り、立ち上がってがなり立てた。

しかし、電話はすでに切れている。

澪が再び、入ってきた。

「社長！」

ドアを閉め、デスクに駆け寄る。

三笠は携帯を閉じ、椅子に腰を落とした。

「社長、すぐ野村さんに連絡をしましょう」

「いや……」

椅子の背に深くもたれ、携帯を見据える。

「社長！　躊躇している場合ですか！」

澪がめずらしく声を荒らげた。

「犯人が接触してきたんです！　この機会しかありません！」

澪は眼鏡の下の涙袋を膨らませ、唇を震わせた。

しかし、三笠は伏し目がちに携帯を見据えるだけだ。

「わかりました！　私が届けます！」

「有島君！」

「止めても無駄です！」

澪は携帯を開き、野村直通の番号を表示し、コールボタンを押そうとした。

と、デスクの上の電話が鳴った。

澪は動きを止めた。三笠も息を呑み、顔を上げて澪を見た。

三笠のデスクにある固定電話は、社長室直通の電話だ。この番号を知る者は側近や秘書、それに千尋くらいなものだった。

コールは三笠を急《せ》かすように鳴り続ける。

澪が手を伸ばそうとした。

「待て。私が出る」

三笠は澪を制し、自ら受話器を持ち上げた。ゆっくりと受話器を引き寄せ、電話口の向こうを探るように耳を突き出し、押し当てた。

「もしもし……」

——三笠崇徳さんですね？

若い男の声だった。聞き覚えはない。

「そうだが……」

——ちょっと替わりますね。

男が言う。やや間があって、電話の向こうから突然、叫び声が飛び出してきた。

——お父さん！

女の子の声だ。

三笠は双眸《そうぼう》を見開いた。

「千尋！　千尋か！」

三笠は受話器を握り締め、身を乗り出した。

澪もデスクに手をつき、受話器に顔を寄せる。

——お父さん、助けて！

女の子の声が、澪の耳にも届いた。千尋の声だった。

澪は思わず、三笠の手から受話器をひったくった。

「千尋ちゃん！　どこなの！」

——わからない！　澪さん、わからない！

涙声だった。

「千尋ちゃん、必ず、助けるから！」

澪が声を張る。

三笠の手が伸びてきて、澪の手から受話器を奪う。

「千尋！　無事か！」

——さっきまで縛られてた。今は解かれてるけど、腕を握られてる。お父さん、この窓から川が——。

千尋が言いかけた時、肉を打つ音が響いた。

——きゃっ！

千尋の短い悲鳴が聞こえる。

「千尋！　大丈夫か、千尋！　貴様、千尋に手を出したら、地の果てまで追いかけて殺すぞ」

怒気を滲ませる。

が、涼しい声が返ってきた。

——あなたが要求に従ってくれれば、千尋さんはお返しします。我々も殺人犯にはなりたくないですから。

冷静な口調にかえって寒気がする。

三笠の眦《まなじり》が引きつった。

——先ほど、電話に出た女性は、千尋さんの世話係で姉のように慕っている有島澪さんですね？　あなたの秘書の。

「なぜ、それを……。おまえは誰なんだ！」

三笠が怒鳴った。

——その問いにはお答えできかねますが、我々はあなたのことを隅々まで調べている。

有島さんのこと、あなたのプライベート携帯や社長デスク直通の電話番号を知っているのも一つの証拠です。我々には複数の情報網がある。

若い男は落ち着き払った声色で淡々と答える。

社内の反体制派が絡んでいるのか。それとも、まったくの第三者が自分のことを調べ上げ、計画的に脅しをかけているのか。判断がつかない。

三笠はざわつく思考を抑えつつ、電話の向こうに話しかけた。

「さっき、身代金受け渡しの電話がかかってきた。あれは誰だ?」

——あれも我々です。仲間は複数いる。

「じゃあ、さっきの指示通り、金を渡せばいいんだろう?」

——いえ、さっきのは警察用に仕込んだだけです。あなたと直接話すために直通の固定電話に連絡を入れさせていただきました。

若い男が言う。

三笠の目元がまた強張った。

そこまで調べているのか……。

息を呑む。

——三笠さんには、これから私が言う通りに動いてもらいます。よろしいですか?

「待て。メモを——」

——これは記録に残さず、頭に叩き込んでください。言いますよ。いいですか?

「わかった……。言え」

――吉祥寺を出て戻ってくるまでは、先ほどの指示通りです。ただその時、紙袋とは別に、サザビー製の黒いビジネスバッグを用意してください。

「どうするんだ?」

――その中に、三千万を入れてもらいます。

「紙袋の金は?」

――紙袋にも本物の紙幣を。

「六千万も奪うというのか!」

――落ち着いてください。紙袋の方は囮《おとり》です。すでに警察に通報しているでしょうから。本物を入れないと、ビジネスバッグの方を怪しまれるでしょう?

「吉祥寺に戻って、それからどうするんだ?」

――家へ帰るのも同じです。ただ、その時、線路沿いの中央高架下公園の中を通ってもらいます。途中、滑り台付きのドームがあり、その後ろに砂場があります。そこに私がいて同じビジネスバッグを持っていますから、すり替えさせてもらいます。その後、あなたはダミーのバッグを持って家まで走ってください。

「なぜだ?」

――刑事が尾行していると厄介でしょう?

どこまでも冷静な口調だ。計画が練られたものであることがわかる。

三笠の眉間に皺が立った。

「千尋は？」

――我々が無事に金を手にし、逃げ切った後、即座に解放します。

「信用できん！」

――信じる信じないではない。あなたが我々の計画を実行するかどうかです。従っていただければ、解放の可能性はある。ですが、行動を起こしてくれなければ、御殿山の邸宅に千尋さんの亡骸《なきがら》が届くことになります。これだけは肝に銘じておいてもらいたいのですが。

若い男が口調を強めた。

――千尋さんの命運は我々が握っている。

有無を言わせぬ圧力が受話器から滲む。

三笠は奥歯を噛んだ。

「……わかった。言う通りにしよう」

――一応、念を押しておきますが、我々は複数人で動いています。あなたが妙な真似をすれば、その時点ですべてが終了となることを忘れないでください。では、九日に。

若い男は最後まで落ち着いた口調で、電話を切った。

三笠は受話器を戻した。手のひらは汗で濡れていた。

「社長。犯人はなんと？」

澪が訊く。

「とりあえず、八日までに六千万の現金を揃えてくれ。表に出せない現金だ。そして、そのうちの三千万を私の家へ持ってきてもらいたい。誰にも見られないように、君自身でやってくれ」

「どういうことですか?」

「事情は家で話す。三千万が入るサザビーの黒いビジネスバッグも用意してくれ。ひそかにだ」

三笠は澪を見つめた。

澪は三笠の目を見返した。しばし、三笠の様子を探る。

「承知しました」

しばらくして、やおら首肯した。

「野村には私から連絡を入れておく。君は私が指示したことをやってくれ」

「はい」

澪は一礼し、部屋を出た。

三笠は固定電話を睨み、汗ばんだ両手を固く握りしめた。

8

スマートフォンを切った松川は、大きく息をついた。手のひらや額には汗が滲んでいた。

「どうだった？」

洋介が訊く。

「うまくいったよ。後は三笠がどう出るかだけど、電話の様子じゃ、僕たちの指示に従うと思う」

松川は三人を見やった。

上田はホッとした表情に多少の緊張を覗かせていた。千尋は笑みを浮かべている。谷岡は頬をさすっていた。

松川は千尋から三笠の詳しい動向や連絡方法を聞き、さらに計画を練り上げていた。

社長室の固定電話は仕事上の秘密の話をすることが多いため、三笠自身か濡以外には取らせないと千尋は教えてくれたが、どうやら本当のようだった。

固定電話も盗聴されている可能性もなくはないが、話した限り、そういう気配はなかった。

おかげで、松川のブラフは大いに信憑《しんぴょう》性を増した。

「私の演技、どうだった？」

「ばっちりだ」

松川が親指を立てた。

千尋は愉快そうに無邪気に笑った。

「うまくいったならよかったけど……。何も、本当に頬をはたくことはなかったんじゃないか？」

谷岡が涙目で上田を睨む。頬には大きな手形が付いていた。

「バカ。両手でパチンとやる音と本当に頬をひっぱたく音は違うんだよ。リアルな音じゃねえと相手もビビんねえだろう」

「おかげでうまくいったよ、晋ちゃん」

松川が同情を込めて言う。

「はい、これ」

千尋は流しで濡らしたハンドタオルを谷岡に差し出した。

「ありがとう」

谷岡は複雑な笑みを浮かべ、ハンドタオルを受け取り、頬に当てた。

千尋が殴られる演技の際、本当に平手打ちする音があった方がいいだろうと上田が言いだした。かといって、千尋を叩くわけにもいかない。

代役として、谷岡が自分の頬を差し出した。

かわいそうな役目を引き受けさせたが、千尋の真に迫った演技と本物の平手打ちの音を聞いた三笠は、電話口で息を吞み、激昂した。

三笠が、松川たちが千尋を乱暴に扱っていると感じた瞬間だ。

これもまた、脅しを利かせる大きなポイントとなった。

あとは、実行あるのみだ。

「みんな」

松川は改めて声をかけた。

笑っていた三人が表情を引き締め、松川に顔を向けた。

「いよいよ、もう後には退けないところまで来た。決行は三日後。必ず成功させて、自分たちの人生を切り拓こう」

強く言い切った。

上田と谷岡だけでなく、なぜか千尋も大きく首肯した。

第3章　未来

1

六月九日午前八時を回った頃、吉祥寺の三笠邸には、野村、東原に加え、誘拐事案を専門に扱う刑事部捜査一課第一特殊犯捜査係の捜査員たちが集結していた。

野村は、犯人から具体的な要求が入ったとの報を受け、第一特殊犯の投入を瀬田に進言した。瀬田も事ここに至ってはやむを得ず、三笠を説得し、第一特殊犯を捜査に加える決定を下した。

全体の指揮は野村が執《と》ることになった。

野村は京王井の頭線の各駅に、捜査員を配置することにした。現在、三笠邸内では、捜査員たちが準備を行なっている。

サラリーマンやOLの格好をした者、ラフな服を着た若者ふうの者、近所に出かけている主婦や老人を装った者と様々だ。若者ふうの者には音楽プレーヤーのイヤホンを模した受信機を持たせている。老人を装った者は補聴器型のもの、サラリーマンやＯＬふうの捜査員は、ラジオやＩＣレコーダーのイヤホンを偽った連絡用受信機を付けさせていた。それぞれが、それぞれの受信機の感度をチェックしている。

広いリビングの奥にはテーブルが設置され、ノートパソコンが複数置かれていた。その脇には、金を入れるための紙袋と三笠がビジネスマンを装うための黒いビジネスバッグがある。

紙袋とバッグには発信機が取り付けられていた。極薄のシール状の発信機だ。紙袋の方は折り返しの内側に取り付けた。バッグには、インナーポケットの奥に貼りつけた。

犯人は、金の入った紙袋を電車内の網棚に放置し、三笠には渋谷でその車両から出るよう指示している。本来、紙袋だけに発信機を付けておけばいいが、野村は、万が一、三笠自身が拉致《らち》されることも想定して、ビジネスバッグの方にも発信機を取り付けさせた。

テーブルの脇には東原がいて、特一の捜査員と共に、電波受信の最終チェックをしていた。

野村はリビングのドア付近に立ち、全体を見渡していた。

と、ドアが開いた。顔を向ける。少し安めのスーツを着込んだ三笠が入ってきた。後ろには澪もいる。

三笠は野村の横で立ち止まり、同じように室内を眺めた。

「三笠さん、眠れましたか？」

「眠れるわけがないだろう」

三笠が言う。確かに、目は少々赤みを帯びていた。

金の亡者も人の親か……。

野村は小さく微笑んだ。

「しかし、こんなに人数が必要なのか？」

三笠が訊《き》くともなしに訊いた。

「これでも足りないくらいです。本来なら、事件発生当初から、この倍の人数をかけるべき話ですよ」

チクリと刺す。

三笠は仏頂面《ぶっちょうづら》で息を吐いた。

「これだけ、大掛かりな態勢を敷くんだ。千尋は無事に救出してくれるんだろうな」

「最善を尽くします」

「確約はできんということか？」

「犯人側の出方がわかりません。あらゆる事態を想定してはいますが、時として予想外のことも起こるものです」

「やはり、頼りにならんな、警察は」

「あなたにどう思われようと、我々はベストを尽くすのみですから」

野村は涼しい顔で受け流した。

澪が野村の傍らに来た。

「野村さん。ビジネスバッグのチェックは終わりましたか?」

「おそらく。セイさん、バッグの発信機の電波チェックは終わったのか?」

野村が声をかける。

「ああ、ばっちりだ!」

東原は右手の親指を立てた。

「ということですが」

野村は澪を見た。

「ビジネスバッグをお借りしてもよろしいですか?」

「何をするんです?」

「犯人は、三笠に普通のサラリーマンを装えと言ってきました。空のバッグでは怪しまれてしまいますし、といって、なんでも詰め込めばいいというものでもありません。こちらで書類か何かを用意させていただこうかと」

「そうですか」

野村はじっと澪を見つめた。澪は静かに見返していた。

目の端に三笠の様子が映る。三笠はちらちらと野村と澪の様子を交互に見ていた。

「わかりました。ただし、発信機は絶対に外したり、圧迫したりしないでください」

「承知しています。ビジネス用品を入れるだけですから」

澪が微笑む。

「セイさん。有島さんに、ビジネスバッグを渡してくれ」

「わかった。どうぞ」

東原が手招く。

澪は電波を監視しているデスクまで行くと、東原からバッグを受け取った。澪が戻ってくる。

野村は東原を見た。東原は小さく頷き、電波を追っているノートパソコンに目を向けた。

澪が部屋を出た。三笠は澪を目で追い、部屋を出たことを確認して、視線を部屋に戻した。

2

午前九時を過ぎた頃、聖蹟桜ヶ丘にあるシェアハウスから、松川と上田が出かけようとしていた。玄関口で松川が靴を履く。スニーカーにジーンズというラフな格好だ。

上田は先に準備を済ませ、松川を待っていた。廊下には谷岡と千尋が立っている。

松川が靴紐を締め、立ち上がった。顔を上げる。

「じゃあ、行ってくるよ」

谷岡と千尋を見やる。

「気をつけて」

谷岡が言う。松川は頷いた。

「ここまで来て、しくじらないでよ」

千尋が二人を見た。

「心配するな」

上田が返す。

「千尋ちゃん。金を受け取って、安全な場所に移動したら、すぐ晋ちゃんに連絡を入れる。その時点で、ここから出て行ってくれてかまわないから」

松川が言う。

「待っててもいいの？」

「いいよ……と言ってあげたいところだけど、状況次第では、僕らもこの家には戻らないかもしれない。君は、僕から連絡が入った時点で出ていく方が賢明だ。でないと、共謀と取られかねないからね」

「そっか。わかった。じゃあ、ここでお別れだね」

「ああ。今まで、不自由な思いをさせて悪かった」

松川が頭を下げる。

「あのよ……」

上田が口を開いた。

「何？」

千尋が上田を見やる。

上田は言い出しにくそうに視線を右へ左へと向けた。それから静かに千尋を見つめる。

「誘拐したとき、殴っちまって悪かった。この通りだ」

そう切り出し、深々と腰を折る。

「何よ、今さら」

「確かに、今さらだな……」

上田はバツの悪そうな顔を見せた。

「反省してるんならさ、二度とこんなことしなくていいように、今日一発でキメてきなよ」

千尋は右の親指を立てた。

「そうだな。成功させるよ」

上田も指を立てる。

「元気でな」

「あんたも」

「おう」

上田は笑顔を見せ、先に玄関を出た。

「じゃあ、千尋ちゃん。僕も行くよ。元気でね」

松川が言う。

千尋は頷いた。瞳が若干潤む。

「晋ちゃん、あとは頼んだよ」

「うん。連絡待ってる」

谷岡が言う。

松川は頷き、外に出た。一足先に玄関を出た上田が車庫から白いワゴンを出し、表門の前で停車していた。

松川は助手席に乗り込んだ。

「準備は？」

上田が隣を見た。

「大丈夫」

松川は後部座席に目を向けた。いくつかの荷物がすでに搬入されている。

「行こう」

松川が声をかけた。

上田は首肯し、アクセルを踏んだ。

3

午前十時を過ぎた。三笠邸のリビングにいた捜査員たちは家を出て、各人、配置に就いた。

野村は、京王井の頭線の各駅停車が発着するホームに捜査員を置いた。急行の停まる主要駅には五人から六人。その他の各駅しか停まらない駅には、ホームの広さに合わせて三名から四名の者を配置した。

始発終着点となる吉祥寺駅と渋谷駅には八人の捜査員を送り、怪しい者がいないか見張らせ、東原が担当している司令本部に逐次報告を入れさせている。

今のところ、犯人らしき怪しい人物は現われていない。

自宅にいる三笠は、いったん自分の書斎に戻っていた。

野村はリビングを出て、三笠の書斎を訪れた。

ノックをすると、澪の返事が聞こえ、すぐさまドアが開いた。

促され、中へ入る。三笠は、クッションの利《き》いた背もたれの高い椅子に深くもたれていた。

「三笠さん、そろそろですが、大丈夫ですか？」

「まだ、早いだろう？」

「そうですが、そろそろ出かける準備を」

「わかってる」

三笠はぞんざいな口ぶりで言うと、肘掛けに両肘を置き、大きく息を吐いた。

「有島さん、バッグの準備はできましたか？」

「ええ、できましたが」

「一応、中身を拝見させてもらえますか？」

「どうしてです？」

「余計な物が入っていると、電波の受信具合にも影響しますので」

野村は言い、澪と三笠の様子を視界に入れた。

二人に特に変わった様子はない。澪がバッグを持ってきた。ファスナーを開き、口を開ける。中を覗いた。大きめのバインダーが二つと雑誌や新聞が入っている。

「見てもいいですか？」

「どうぞ」

澪が言う。

野村はバインダーを手に取った。開く。社外秘の決算書類が綴《と》じられていた。

「本物ですか？」

「はい。こだわりはないんですけど、やはり、ビジネスバッグには本物を入れておいた方がいいと思いまして。偽の書類だと犯人に悟られては、意味がないでしょう」

「いい心がけです」

野村はバインダーを戻した。

澪がファスナーを閉じる。

「野村さん。さっき言いました通り、これは本物の社外秘書類です。なので、出るまでこちらで預かっていてかまいませんか？」

澪が訊く。

野村は澪と三笠を見た。澪の表情は変わらない。三笠は興味なさそうにそっぽを向いている。

「いいでしょう。ただし、発信機には触れないよう、くれぐれもお願いしますよ」

「承知しています」

澪は言い、バッグを持って三笠の脇へ歩み寄った。机の傍らにバッグを置く。

野村はバッグの所在を認め、三笠に顔を向けた。

「三笠さん。あと三十分弱でここを出ます。私や部下があなたの後をついて行きますが、くれぐれも私の方を見たり、駅に配置している捜査員たちに目を向けたりはしないでください」

「わかってる！　あんたこそ、しっかりやってくれ！」

「最善を尽くします」

野村は会釈し、外に出た。

しばし、ドアの前で立ち止まり、部屋の中の物音に聞き耳を立てる。取り立てて、おかしな物音は聞こえない。

野村は小さく頷き、本部を置いているリビングへ戻った。

4

澪はドア口に近づき、廊下の音に耳をそばだてた。一瞬、野村の足音が止まった。が、まもなく、足音が遠ざかっていく。

澪がドアから離れ、三笠の脇に戻ってきた。

「気づかれなかったか？」

「おそらく、大丈夫です」

澪は言い、その場に片膝を突いて屈み、ビジネスバッグのすぐ横にある机の大引き出しを開けた。新聞紙でくるまれた四角い包みがある。

バッグのファスナーを開け、中身を全部出すと、その四角い包みをバッグの中に入れた。包みはすっぽりと収まった。

すり替えるために、澪が用意していたものだ。帯封の付いた新札の百万円の束をブロックパズルのように並べ、ビジネスバッグにきれいに収まるよう、準備していた。

取り出した中身は、大引き出しに入れ、閉めた。ファスナーも閉じる。立ち上がって、ドア口を見た。他者の気配はない。

澪はポケットから小さなダイヤル式の錠を出し、ファスナーの金具とバッグの金具を止めた。

「おい、それ、怪しまれないか？」

「大丈夫です。社外秘の書類を入れているから念のためと言えばよろしいかと」

澪はこともなげに言った。

「社長はとにかく、これを犯人に渡すことに集中してください。そうすれば、千尋ちゃんは戻ってきますから」

「……そうだな」

「あと少しですが、お休みください。時間になったら、顔を出しますので」

澪は頭を下げ、部屋を出た。

三笠は三千万円の入ったビジネスバッグに目を落とし、大きく息をついた。

5

同時刻、上田は、吉祥寺駅から西へ一キロほど行った場所にある高架下の駐車場にワゴンを停めた。駅から少し歩くせいか、停車している車は少なく、とても静かなエリアだった。

上田はエンジンを切った。横に顔を向ける。

「いよいよだな」

「ああ」

松川が頷く。目元は心持ち強張っていた。

駐車場の先に柵があり、その先に中央高架下公園が続く。松川が三笠と接触するのは、停車位置から三百メートルほど先にある砂場だ。そこには、円形のオブジェのような滑り台やトンネルがついたドームがあり、駅から歩いてくると、砂場の位置が死角になる。そこで、三笠が持ってきたビジネスバッグと自分たちが用意しているバッグをすり替える。

「ホームレスがいるな」

上田が公園の方を見やり、つぶやいた。

松川が目を向ける。空間の中央付近に木製のアスレチック器具がある。その脇に紙袋を持ったホームレスが座っていた。薄汚れたジャンパーを着て、帽子を目深に被っている。顔も浅黒いがヒゲは剃っていて、身なりの割には小綺麗な印象も受ける中年のホームレスだった。

「どかしてこようか」

上田はドアハンドルに指をかけた。

「いや、いいよ。ひょっとしたら、いつもいるホームレスかもしれない。今日に限っていないということになれば、警察に勘繰るヒントを与えることになる」

「だけどよ。あのホームレスをおまえと間違って、三笠がビビっちまったら、それこそ怪しまれるんじゃねえか？」

「大丈夫。手は打ってある」

松川は言った。

「なんだよ、それ。俺が知らないことがあるのか？」

「ごめんごめん。ちょうど、対策を話し合っていた時、洋介いなかったからな。伝えたつもりだったけど」

「おいおい、頼むぜ。ここへ来て、共有できてないってのは問題だ」

「そうだな。実は――」

松川は対策について、要点をかいつまんで話した。

上田は目を丸くした。

「そんな仕込みをしてたのか！」

「一応ね。電車の現金を誰も取りに来ないというのはおかしいだろう？」

「そうだけどな。しかし、うまくいくのか？」

「大丈夫。金に困ってる連中がいそうなところにばらまいてるから。一人でもチャレンジしてくれるヤツがいればいいだろ？　チャレンジしなくても、狙おうとするヤツが四、五人集まれば、十分に警察の目を逸《そ》らすことができる」

松川は言い切った。

「まあ、どっちにしても、もう退けねえもんな。他に隠してること、ねえだろうな?」

「ないよ。あとは、時を待つだけだ」

「どうする?」

「ジタバタしても仕方がない。休んでおこう」

松川はシートを倒した。ボディーに身を隠すように横たえる。

「そうだな」

上田もシートを倒し、仰向けに寝転がった。

6

午前十時半、澪が三笠の書斎をノックした。ドアを開け、顔を覗かせる。

「社長、そろそろお時間です。野村さんが下でお待ちです」

「わかった」

三笠は重い腰を上げた。

金を詰めたビジネスバッグを取り、部屋を出た。部屋の前では澪が待っていた。目を合わせ、互いに頷くと、澪が三笠を先導するように階下へ降りていく。

玄関ホールで野村が待っていた。右耳にはイヤホンの受信機を。襟にはラペルピン型のマイクを付けている。

「三笠さん、少し休めましたか？」

「どう休めというんだ」

仏頂面で答える。

「それもそうですな」

野村は微笑み、ビジネスバッグに目を留めた。

「おや？　錠など付いていましたか？」

目ざとく見つける。

「これは――」

三笠が口を開こうとした時、澪が割って入った。

「一応、中に詰めているのは、先ほど見ていただいた通り、弊社の社外秘の書類ですので、万が一がないよう、万全を期させていただきました」

「本当ですか？」

野村が三笠を見やる。

「本当だ。私もそう言おうとしたところだ」

三笠は睨むように野村を見返した。

野村は腕時計を見た。時刻が表示されているのは、腕時計上部の細い部分だけ。液晶の文字板には、三笠のバッグから発信されている電波が拾えるようになっていた。

電波を受信している証拠となる点滅を見つめる。ほぼ真ん中で点滅している。バッグが野村の近くにあることを示している。発信機を取り外したわけではないようだ。

「まあ、いいでしょう。三笠さん、私とそこに待機している部下二名は、背後からあなたを監視します」

野村は玄関口で待っているスーツを着た若い捜査員二人を指した。

「犯人が直接、三笠さんに接触してきた時のための護衛も兼ねています。安心して、犯人の指示通り、振る舞ってください」

「安心などできんがね」

「知っておいていただけるだけで結構です。では、行きますか」

野村が促す。

三笠は緊張した面持ちで玄関へ向かった。革靴に足を通す。澪が靴べらを差し出す。三笠は靴を履き、靴べらを澪に返した。野村と捜査員二人も靴を履いた。

「先に出てください。我々は距離を取って、あなたのあとに続きますので」

野村が言う。捜査員の一人がドアを開けた。

「この状況を見張られているということはないのか?」

「周辺もパトロールさせています。犯人グループがよほどの大人数でない限り、家まで見張っているということはないでしょう」

「なぜ、大人数でないとわかる?」

「要求は三千万円です。たとえば、十人でこの誘拐事件を実行しているとすれば、一人頭三百万。割に合わない額です。多くても五人、いや、私は二人か三人の犯行だと睨んでいます」

「本当かね？」

「あなたもそう感じているのでは？」

野村が聞き返す。

三笠の瞳が一瞬揺れた。

「まあしかし、あなたの言う通り、犯人の人数が多く、あなたが家を出るところから見張られているという可能性もなくはありません。事前に、そうした可能性を踏まえ、近辺は別の捜査班に当たらせていますからご安心ください。あなたは、今はともかく、犯人の指示通りに動くことだけを考えてください」

野村は言い、玄関口にいた捜査員を見る。

捜査員は頷き、三千万円の入った紙袋を持ってきた。

「三笠さん、これを」

差し出す。

三笠は受け取り、ビジネスバッグと共に右手に持った。

「そろそろ出ましょう。十時五十六分の電車に乗り遅れるとまずい。どうぞ」

野村は三笠の背に手を当てた。

「社長」

　澪が声をかける。

　三笠は澪を見た。

「大丈夫だ。行ってくる」

　澪に強く頷いて見せ、三笠が玄関を出た。少し間を置いて、若い捜査員二人も玄関を出る。

「有島さん。あなたはリビングにいて、ここから出ないように。必ず、捜査員の誰かの目が届くところにいてください」

「承知しました」

　澪が言う。

　野村は頷き、三笠邸を出た。

7

　若い捜査員を先行させ、野村は三笠と百メートルほどの距離を取り、三笠の姿が見えるか見えないかの場所を歩いた。

　三笠と捜査員が過ぎたあと、さりげなく周囲を確かめる。三笠を尾行している者がいるかもしれないからだ。ただ、あまりキョロキョロすると、犯人に気づかれるかもしれない。少しくたびれた中年を装い、時折顔を上げ、周囲を見回した。

特に怪しい者は見当たらない。駅近くになると、街の風景に溶け込んでいる捜査員の姿が見て取れた。

駅の構内に入る。と、三笠邸に設けている本部から無線連絡が入った。

——マルM、改札潜りました。

マルMというのは、三笠自身を表わす隠語だった。

野村は頷き、腕時計型の受信機を見た。三笠は間違いなく、百メートルほど先のホームへ入っていた。

野村は周囲を確かめつつ、電子マネーカードで自動改札を潜った。

三笠は犯人に指定された〈2号車1番ドア〉と書かれたホームドアの前に並んだ。乗客のふりをした捜査員たちが、ぱらぱらと真後ろに付いたり、他のドアの前に並んだりして、三笠の周囲を固める。

野村は乗車ドアに向かうふりをしつつ、全体の動きを確認した。

——IN17、配置完了しました。

本部からの連絡が、野村の耳に届いた。

アルファベットと数字は、駅を表わすナンバリングだ。INは京王井の頭線を、17は吉祥寺駅を示している。そこから一駅ずつ番号が減り、渋谷はIN01となる。

——IN14、配置完了しました。

――ＩＮ０８、配置完了。

続々と野村の耳に報告が届く。

――ＩＮ０１、異常なし。内外配置完了しました。

渋谷駅からの報告が入る。

野村は小さく頷いた。

犯人が金を奪取する可能性が最も高いのは渋谷だ。駅へ着いて、吉祥寺からの急行が折り返し各駅停車の吉祥寺行きとなって出発するまでには時間がある。

また、渋谷は乗降客が多く、改札を出た後も多数の人で混み合い、他の鉄道への乗り換えも容易だ。いったん人混みで見失えば、発信機を付けているものの追跡は困難を極める。

それだけに始発着駅である渋谷と吉祥寺には人数を割いた。

――電車、到着します。

吉祥寺駅構内にいる捜査員から各無線に連絡が入る。野村は三笠が乗る車両の一両隣の〈1号車4番ドア〉に並んだ。

1号車4番ドアの奥には車椅子やベビーカー用のフラットスペースがある。

野村と共に三笠警護を兼ねた監視役の捜査員二人は、三笠の真後ろと〈2号車3番ドア〉に並んだ。

渋谷からの電車が到着する。同電車がそのまま折り返し、十時五十六分発の急行渋谷行きとなる。

犯人がどこに現われ、どうやって身代金を奪取するつもりなのか、見当が付かない。しかし、電車の網棚に置いた紙袋を確保しなければ、彼らの実入りもないことだけは確かだ。

身代金目的の誘拐がほとんど成功しないのは、そこにある。

犯人側は、最後は現物を手にしようとする。その時必ず捜査側の前に姿を見せる。あるいは、なんらかの痕跡を残す。そこから足が付く。

今回は、犯人が誘拐に使用したと思われる車種や犯人グループの全体像も、不確定ではあるがつかめている。

現金受け渡しの際、確保できなかったとしても、辿《たど》る道筋はある。

電子マネーや口座送金という手段を取らなかった点を鑑みると、犯人は少人数ですぐにでも現金を手にしたい困窮者だということも推察できる。

それだけに千尋の安否が気がかりだ。

人質となっている千尋の安全が最優先。金が渡ったところで、犯人グループが千尋を解放するとは限らない。

野村は犯人を検挙して口を割らせる方法が一番だとは考えているが、金を取られて、紙袋に付けた発信機を追尾して犯人の根城を特定する手段も悪くないと思っている。

万が一、取り逃がした時は、すぐさま発信機電波追尾捜査に切り替えるつもりだった。

その旨は、今回参謀を務めてくれている東原にも伝えていた。

――マルM、所定の位置に着座。Rも所定の位置に設置完了。

Rというのは、ランサム、身代金の頭文字の〝R〟を取った隠語だ。

つまり、三笠は2号車1番ドアの1号車側にある優先席の角席に座り、その真上の網棚に紙袋を置いたということだ。

野村は対角線上となる1号車4番ドア付近の車椅子スペースの手すりに尻をかけ、折り畳んだ新聞を読むふりをしつつ、それとなく2号車を覗いてみた。

三笠の姿は確認できないが、2号車に待機している捜査員が野村と目を合わせ、小さく頷いた。

野村は新聞で顔を隠し、ワイシャツの襟に口元を近づけた。高感度マイクを仕込んでいる。

野村からの電波は、三笠邸に置いた本部を介し、直接捜査員たちの耳に届くようになっていた。

「マルMは配置に就いた。もうすぐ電車が動き出す。これより電車が往復する一時間弱が勝負だ。些細な変化も見逃さぬように。よろしく頼む」

野村は言い、少しだけ新聞の端から目元を出した。目が合った捜査員たちはそれぞれ、かすかに首を縦に振った。

出発の合図がホームに鳴り響く。駆け込んでくる乗客に目を向ける。車内はそこそこの混み具合となった。

ドアが閉まる。

いよいよだ――。

野村は新聞で隠した口元をしっかりと締めた。

8

松川は閉じていた目を開き、腕時計を見た。時計の針は午前十一時前を差していた。

むっくりと上体を起こす。

「さて、そろそろ行くかな」

車中で腕を小さく上げ、伸びをする。

「まだ、早いんじゃないか?」

上田が運転席から声を掛けた。

「いきなり砂場に父子連れが現われるというのも妙な話だろう?　周りから見ても不自然じゃないようにして待機しなきゃ」

そう言うと、松川はスライドドアを開いた。

シートを倒し、車のボディーに隠れるようにして後部座席に積んだものを出す。

ベビーカー、赤ん坊の人形、タオルケットだった。

松川はベビーカーを開いて組み立て、その中に赤ん坊を乗せ、口元までタオルケットを被せて人形の体を包んだ。

上田も出てきて、松川の作業を見守る。

松川は助手席のドアを開け、グローブボックスからＩＣレコーダーを取り出した。

「それ、何が入ってるんだ？」

「これだよ」

松川は音量を下げ、再生した。

赤ん坊の声が流れてきた。泣き声もあれば、笑い声もある。何かをしゃべるような声もあるし、ただ甘えているだけのような声も入っている。

「これをここに入れて」

松川はタオルケットの中にＩＣレコーダーを入れた。附属の小さなリモコンスイッチをポケットに入れる。

「こうすると――」

ポケットの中から再生させる。

と、あたかも、ベビーカーの中の赤ん坊が泣いているような雰囲気が漂った。

「すごいな。でも、もっと本格的なものもありそうな気もするが」

「仕込みに金をかけても意味がないだろう？　これから一時間程度、警察や公園に集まる周辺の人たちにバレなきゃいいだけだ。晋ちゃんとも相談して、これで十分だという結論に至ったんだよ」

「俺がいない間に、そこまで話していたのか。悔しいが感謝だ」

上田が言う。

「いいんだよ。策を練るのは僕と晋ちゃんの役目。運転や実働が伴うことは全部洋介に任せている。金を受け取って逃げるときにはよろしくな」

「ああ、任せておけ」

上田は親指を立てた。

「しかし、肝心の赤ん坊、そんな人形みたいなので大丈夫なのか？」

「それも問題ないよ。こうすれば」

松川はベビーカーの開口部をすっぽりと包む黒編みのサンシェードをかけた。人形の顔が薄闇に紛れ、本物のように見える。

「へえ、これなら大丈夫そうだ。だが、よく赤ん坊のことを知っているな」

「バイト先の先輩女性が出産したとき、ベビーカーで息子さんを連れてきたんだ。その時にベビーカーがあまりによくできているんで、赤ん坊をあやす傍ら、いろいろ訊いてみた。ただの興味でしかなかったんだけど。なんでも訊いておくもんだね」

「本当だな。その母親も、まさか身代金を奪うためのアドバイスになってるとは思ってないだろうが」

上田が笑う。

松川も笑った。

「いつか、僕たちにも本物の家族ができて、洋介の運転で三家族一緒に旅行できたりすると楽しいな」

「いいな、そういうのも。どうせなら、同じ地区に住んで、同じ学校に通わせよう」

「そうだな。僕たちと同じ、幼なじみにさせよう」

松川は目を細めた。

「そのためにも――」

松川が真顔になる。

「今日は成功させよう」

「おう」

上田が右手を広げる。

松川も右手を広げた。親指を絡め、しっかりと握り、見つめ合い、頷く。

「じゃあ、僕はこの子を連れて、ちょっと近所を回ってくるよ。怪しい動きがないかどうか探るためにね」

「俺は？」

「車中で待機しておいてくれ。できるだけ、運転席にいるところを見られない方がいい」

「俺も偵察しようか？」

「大人数で動くより、一人の方が目立たない。洋介は、逃走時の運転だけ、しっかり頼む。ハードになるだろうから、それまで体を休めておいてくれ」

「わかった」

上田が強く首肯する。

松川はベビーカーのハンドルを握った。

上田は運転席へ戻ろうとした。が、足を止め、松川を見た。

「そうだ、尚人。その子、男なのか？　女なのか？」

「女の子だよ」

「へえ、そうか。名前は？」

「未来《みらい》」

松川が笑みを滲《にじ》ませる。

上田も笑みを返した。

「気をつけてな」

「行ってくる。万が一、警察に不審がられたときはいったんここを出て、他の場所で待機しておいてくれ。洋介だけ、金の受け取り時間にここへ戻ってきて、僕を案内してくれればいいから」

「うまくやるよ。頼んだぞ、俺たちの未来を」

上田はサンシェードに隠れた赤ん坊を見つめた。

「ああ。行ってくる」

松川は頷き、〝未来〟を連れて駐車場をあとにした。

9

午前十一時十二分、吉祥寺を出た急行電車が渋谷駅に滑り込んだ。

三笠が席を立った。連結器近くのドアにもたれ、下車を待つ人々の最後尾に付いている。ビジネスバッグは手に持っているが、金の入った紙袋は網棚に置いたままだった。

三笠監視役の二人の捜査員は少し距離を取り、脇を固めた。その他捜査員も周囲に目を配っている。

野村も1号車4番ドアに並んだ。三笠の方には目を向けず、降車する客を装う。が、胸中はざわついていた。

渋谷に到着するまでの間、特に気になる報告はなかった。

いや、なさすぎた。

金の受け渡し現場には、捜査員の緊張感とは別に、犯人側の刺すような目線、譬《たと》えるならピアノの低音域を乱打するような不穏な空気が漂うものだ。

しかし、そうした雰囲気を微塵《みじん》も感じない。

つまり、犯人がここにいないということでもある。

ただのロートル刑事の〝勘〟でしかないが、野村は今でも自分が受信している違和感を大事にしていた。

なんらかの行動に出るはずだ――。

野村がホームに降り、それとなく周りを見回していたときだった。

三笠監視役の捜査員の一人から、緊急無線が飛び込んできた。

――マルM、急ぎ改札を出ていきます。

「なんだと?」

野村は三笠の方を見た。

最後に車両から降りた三笠が、人混みを縫うように改札へ足早に向かう。

野村がつぶやく。

「聞いていないぞ」

三笠から聞いていたのは、急行到着後、反対側のホームに停車している折り返しの吉祥寺行き急行電車に乗るということだけだ。

三笠の姿が人混みに埋もれていく。

京王井の頭線は、武蔵野以西が急速に発達し、人口が増えたせいもあり、ホームの動線がうまくできていない。そのため、始発着駅では乗降客がごった返す。

「マルMを見失うな!」

野村は命令し、すぐさま三笠を追った。

三笠はビジネスバッグを手に、自動改札へ向かっていた。空いている自動改札機を見つけ、すたすたと歩いていく。

後方に三笠監視役の捜査員も見える。他の捜査員も三笠を包囲するように続く。

野村も周囲に目を配りながら、別の自動改札機に急いだ。

――マルM、改札を出ました。

「追尾しろ」

野村は襟に口元を近づけて命じ、自らも外へ出た。

が、すぐ監視役から連絡が来た。

――マルM、再び、改札を潜りました。

「何？」

野村は足を止めて三笠に目を向けた。

三笠は改札を出てすぐ踵《きびす》を返し、構内へ戻った。そのまま停車中の急行へ向かっていく。

野村は命令した。

――マルM監視交代。

三笠の監視役は渋谷駅にも置いていた。野村以外に改札を出た捜査員たちまでが再び反対側の急行電車へ乗り込むのはさすがに不自然だ。万が一、犯人が様子を見ていた場合、すぐに捜査側の動きを悟られる。

犯人から指令を受けた陽動か？

それとも、三笠のスタンドプレーか？

様々な考えが脳裏を巡る。だが、深慮している時間はない。

野村はジャケットを脱いで裏返した。リバーシブルのジャケットは濃茶のスエード地に替わった。内ポケットに差していた野球帽も出し、目深に被る。そして、急ぎ構内へ戻った。

急行発車を告げるベルが鳴り始める。

――マルM、2号車3番ドアより乗車。七人掛け真ん中に着座。

短い報告が入る。

「4号車4番より乗車した。マルM監視は継続。他の者は予定通り、遂行のこと」

野村は言い、車内を歩き、2号車へ向かった。

戻りの電車にいる捜査員は、先ほど乗ってきた急行の半分以下だ。その他の人員は網棚に金を置いたままの折り返しの各駅停車吉祥寺行きに振り当てた。

野村や監視役の捜査員の役目は、三笠を無事に自宅へ戻すことだ。犯人の検挙は、第一特殊犯捜査係を中心としたメンバーに任せてある。

野村は2号車に入った。乗客はそう多くない。三笠は七人シートの真ん中に、バッグを抱えるように背を丸め、小さくなって座っている。

野村は対面するシートの右端に腰を下ろした。帽子のつばを摘《つま》み、少し上げて三笠を見やる。

三笠が視線に気づき、野村を一瞥《いちべつ》する。が、すぐさま顔を伏せた。

妙だな……。

野球帽を目深に被り直し、寝ている中年男性を装う。

ちらりと見せた三笠の表情が気になった。

出かけたときより、緊張しているように見えた。

本来なら、大金を持って、いつ現われるかもしれない犯人を待つ渋谷行きの電車での方が緊張するのではないだろうか、と思う。

帰りはただ、自宅へ戻るだけだ。事の推移が気になるにしても、大役は果たした。

何か、隠しているのか？

そのように思える。だが、三笠とあからさまに接触できない今、確かめる術《すべ》がない。

眠ったふりをして目を閉じ、様々な可能性を模索する。

自分が犯人であれば、どうする——。

これまでに接した犯罪者の心理を思い出し、自らが犯人となって考えてみる。

野村の耳に、「異常なし」との連絡が次々に飛び込んでくる。電車も動き出した。が、いずれをも感じられないほど、野村の思考は深くなっていた。

10

谷岡は聖蹟桜ヶ丘のアジトの一室でパソコンのモニターを見つめていた。

「何を見ているの？」

千尋が後ろから覗く。

「どんな反応か、確かめていたんだよ」

「反応って？」

「これの」

谷岡はモニターを指差した。

モニターには黒地に白と赤の枠の怪しげなサイトが映し出されていた。

その中には、雰囲気に違《たが》わない怪しげな文言が飛び交っている。

架空口座、トバシ携帯、振り込め詐欺マニュアル、ランサムウェアといった言葉から、誘拐や殺人といった物騒なものまである。

「何これ……」

千尋は気味悪そうに顔をしかめた。

「闇サイトだよ」

「ニュースなんかでやってる、犯罪に使われるというやつ？」

「よく知ってるね」

肩越しに千尋を見やる。

「そのくらいは知ってるわよ。え、何？　晋ちゃんって、そんなに悪い人だったの？」

真顔で訊く。

「まさか。知ってるだけで、使うのは今回が初めて。ていうか、今回しか使わない。どうせ、このサイトもあと二、三ヶ月もすれば消えると思うけどね」

「今回使うって、身代金の受け渡し？」

「そうそう。これ見て」

谷岡は画面をスクロールさせ、自分がアップした部分を見せた。

千尋は谷岡の右肩に顎を預けるようにして、画面を覗き込む。

千尋の髪の端から甘酸っぱい香りが漂ってくる。千尋の肌の温もりもほんのり感じる。

谷岡は少し頬を赤らめた。

千尋は谷岡の心情など気にも留めず、書いてある文章を読んだ。

「ちょっと、これ、本当なの！」

「うん。これでいいんだ」

目を丸くする。

「そんなにうまくいく？」

「意外とね。こういうサイトを覗く人たちって、スキルを持っていて好奇心旺盛な人か、切羽詰まっている人。切羽詰まっている人たちは、必ず試みるよ。僕たちがそういう経験をしてきたから、切羽詰まっている人たちの心理はよくわかる」

　谷岡は語勢を強めた。

「あまり知りたくない心理だね」

「確かに」

　谷岡は自嘲した。

「そろそろ始まる。あとは、尚ちゃんたちから連絡が入るのを待つだけ。三、四十分といったところだと思う。もうちょっとでお別れだね」

「そうだね……」

　千尋が少し淋しげな表情を覗かせる。

「最後に、僕の特製ココア、飲んでいく？」

「あ、いいね。作り方、教えといてよ。あれ、好きなんだ」

「よかった、気に入ってもらえて。じゃあ、二階のテーブルに戻ろう」

　谷岡は千尋を連れて、二階に上がった。

11

　三笠や野村を乗せた急行は、すでに久我山《くがやま》駅まで戻ってきていた。あと一つで終点の吉祥寺だ。

捜査員たちから、明大前駅《めいだいまえ》を過ぎたあたりから、不審な人物が複数人乗ってきたとの報告が届いている。

それがホンボシかはわからない。

特一の捜査員の報告だから、見た目の印象だけで物を言っているとは思わないが、野村の腑に落ちるものではなかった。

野村は終始うつむき、思考を巡らせていた。が、なかなか犯人の思考に行き当たらない。

若いと思われる犯人たちは、詰めの甘さは随所に感じられるが、行き当たりばったりの乱暴な手法を採っているとも思えない。

どちらかといえば、理知的だ。少なくとも、絵を描いている者は馬鹿ではない。推理小説の時刻表ミステリーさながらに電車を使うあたりも、その片鱗を臭わせる。

だが、このままでは身代金を奪取できない。

それほどの者なら、捜査員がすでに動き回っていることは織り込んでいるだろうし、電車内で金を奪ったとしても逃走できないことくらい容易にわかる。

しかし、犯人はその手法を指示してきた。

先ほどの三笠の予期せぬ行動も、犯人側の指示の一環なのかもしれない。

が、その意図が見えない。

何を考えているんだ……。

頭の中でパズルのピースが揃わなかった。

野村は息をつき、顔を上げた。

三笠を見つめる。三笠は、渋谷駅からずっと同じ姿勢でビジネスバッグを抱えたままだった。

ふと、気になった。

なぜ、あのバッグを後生大事に抱えているんだ？

会社の重要書類が入っているとはいえ、犯人が三笠の追い落としを画策している反体制派の人間でない限り、三千万円の入った紙袋ほどの価値など持たないものだ。

どうしても金が欲しい犯人が仮にバッグを手にしても、中身を見た途端焼却炉に放り込んでしまうだろう。

犯人は会社の者なのか？

これまでの調べでは、その線は薄い。

もう一度、洗い直してみる必要があるか？

三笠を見つめる視線が鋭くなる。

その時、三笠がやおら顔を上げた。野村の視線に気づく。三笠はバッグに目を落とすと、何かを隠すように顔を背け、バッグをギュッと胸に抱いた。

なんだ、今のは……？

あきらかに不自然な仕草だ。

バッグを見つめる。

バッグにはMIKASAの社外秘の書類が詰まっている。それは確認した。間違いない。

「間違いない……?」

独りごちる。

ちょっと待て。あのバッグの中身は確認したが、それは出かける三十分前のことだ。その後、澪がバッグを預かり、三笠邸の書斎にあった。

書斎から降りてきた時、三笠の手にあったバッグは小さなダイヤル錠でロックされ、中を確かめられなくなっていた。

多少の疑いはあったものの、三千万円の現金は紙袋の中にあったことで、確認は必要ないと判断した。

しかし、もし、バッグの中身が違っていたら……。

野村はさらに双眸《そうぼう》を開き、立ち上がった。

三笠に歩み寄る。監視役の捜査員たちが驚いて、野村に目を向けた。野村の行動に戸惑った様子を見せる。

「三笠さん」

声をかける。

三笠の両肩が大きくびくりと跳ねた。顔は上げない。

「バッグの中身を確認させてもらえませんか？」

「何を言うんだ！」

つい、声が大きくなる。

周囲の乗客たちの視線が一斉に集まる。

野村はバッグをつかんだ。三笠はバッグを抱いたまま立ち上がる。そのまま三笠をドアの近くまで連れていく。

顔を近づけ、小声で訊く。

「その中身、身代金じゃないですか？」

途端、露骨に眦《まなじり》が引きつった。

「犯人からの指示で、まだ私に話していないことがあるのでは？」

目の玉を覗き込む。三笠は激しく動揺し、黒目が泳いだ。

「話してください」

「隠し事はない」

「三笠さん！」

「隠していることはないんだ！」

三笠は怒鳴った。

車中がざわつき始めた。監視役の捜査員二人が駆け寄ってくる。

「野村さん」

声をかけ、二人の間に割って入ろうとする。だが、野村は三笠から目を離さなかった。

「三笠さん。犯人たちに金を渡しても、千尋さんが戻ってくるとは限らない。この機を逃せば、リスクは大きく高まる。犯人を確保するのが一番なんです。あなたが勝手な真似をしたせいで、娘さんにもしものことがあればどうするんですか」

「それはそれで──」

「仕方なくはない！」

野村は肩をつかんだ。

三笠はびくっと身を竦《すく》ませる。

「あんた、本当に彼女を助けたいのか！　娘の命をなんだと思っているんだ！」

「貴様に言われる筋合いはない！」

三笠が手を振り払う。

野村はバッグを奪おうとした。三笠が抵抗する。

「野村さん！」

「三笠さんも」

捜査員二人が双方の腰の後ろから腕を回し、引き離そうとしたときだった。

──本部至急！　犯人が現われました！

「なんだと！」

野村はイヤホンを親指で耳に強く押し当てた。

――永福町《えいふくちょう》駅にてRを収奪！　現在、永福町駅周辺を逃走中！　犯人複数！

「捜せ！　検挙しろ！」

野村は命じた。

「何があった？」

三笠が訊く。

「犯人が現われたそうです」

「えっ？」

三笠は困惑した様子を見せた。

「おかしいですか？」

「あ、いや……。で、捕まえたのか？」

「現在、捜査員が追っています」

「必ず、捕まえてくれるんだろうな」

「全力を尽くします」

「また、それか。頼りにならんな」

三笠は野村の胸を突き飛ばし、座っていた席に戻った。ざわついていた一般乗客も目をそらし、素知らぬ顔をした。

バッグは、今までとは違い、太腿にぽんと置いて手を添えるだけだった。

その態度の急変ぶりにも違和感を覚える。

が、犯人は現われた。

杞憂か……。

釈然としないまま、吉祥寺駅へ着くのを待った。

12

午前十一時半前、松川はベビーカーを押して周囲を探索し、公園へ戻ってきた。

少し小綺麗なホームレスはベンチに横たわり寝ていた。起きる様子はない。これなら邪魔にはならないだろう。

御殿山の三笠邸の前も通りかかった。中の様子は窺い知れないが、正門から覗く庭あたりにそれとなく刑事のような姿を認めた。

予想通り、警察は動いている。動いていない方がおかしい。

が、それでいい。

腕時計に目を落とす。

「うまくいっていれば、今頃、大騒ぎだろうな」

ほくそ笑む。

上田がいない間に谷岡とはもう一つ、計画していた。

それは、紙袋に入った金の情報を闇サイトに流すことだ。

〈今日の午前十一時二十八分、明大前駅発の吉祥寺行き2号車1番ドア付近の連結器近くの網棚に、紙袋に入った金が三千万円ある。警察は当然ガードしているが、見事、警察の追跡を振り切って手にした者には、その金をすべて与える〉

そう、掲示板に流した。

普通に生きる人間なら、たかだか三千万円で人生を棒に振るなどバカバカしい話だろう。いや、そもそもそんな都市伝説めいた話を信じない。

だが、切羽詰まった者は違う。

たった百円でも欲しい。その日、腹を満たせるだけの金を欲する。ないときの百円は、あるときの百万円の価値を持つ。

そこまで追い詰められた者が三千万を手にすれば、人生がひっくり返る。

豪遊してもいい。人生をやり直す元手にしてもいい。迷惑をかけた人々への弁済でもいい。

何に使われようがかまわない。しかし、得られるはずのなかった金を手にし、自分の思うように使えれば、散々だった人生のわずかな彩りとなる。

その想い出があれば、気持ちよく死ねる。

松川たちも同じ気持ちだった。そして、底辺で生きれば、同じ思いを抱き続けている者がいることを知る。

松川たちのように複数で組んで取ろうとする者もいれば、三千万を独り占めしようとする者もいるだろう。

どこの誰が取ったのかはわからない。それはどうでもいい。

彼らが実際に奪ってくれれば、犯人が予告通り、〝電車内〟に現われたことを意味する。

それはひいては、自分たちへの目を逸らさせることにもなる。

それが目的だ。

見事に逃げきる者がいるとすれば、松川たちから贈るその人の人生へのささやかなボーナスだ。

好きに使ってほしいと願う。

松川は砂場にベビーカーを入れ、しゃがんだ。あやすふりをして、〝未来〟を見つめる。

「もうすぐだ。あと少しで、僕たちの未来が開ける。早く来い、三笠」

未来を見つめる松川の眼光に緊張と興奮が交互に滲んだ。

13

三笠と野村ら捜査員を乗せた急行電車が吉祥寺に着いた。三笠が降りる。野村も三笠と共に下車した。

三笠はそのまま足早に改札へ向かう。

「待ってください」

野村が声をかける。

が、三笠は足を止めない。

右耳に差したイヤホンからは、三千万円を奪った犯人を追跡する捜査員たちからの報告が次々と入ってくる。

「野村さん、どうしますか？」

野村と共に三笠の監視と警護をしていた捜査員二人のうちの一人が訊く。

「君たちは永福町の現場の捜査に協力してくれ。三笠氏の監視と警護は私が引き受ける」

「わかりました」

捜査員二人は頷くと、すぐさま折り返しの急行へと走った。

三笠の背中を追う。改札を出るところだ。野村は急いで三笠を追った。自動改札を出て、三笠に駆け寄ろうとする。

だが、ふと速度を落とした。

改札を出た三笠は、再びバッグを胸元に抱え、周囲を忙《せわ》しなく見回し始めた。

やはり、何かあるな……。

野村は人ごみの陰に隠れ、三笠の様子を見つめた。三笠は背後を向いて野村がいないことを確認すると、歩を速めた。

野村は距離を取って尾行を始めた。

三笠は公園口のエスカレーターを降り、西方向へ向かった。

飲食店の立ち並ぶ駅前の路地を抜け、井ノ頭通り沿いの歩道をさらに西へ歩く。野村は三笠を見逃さないように通行人の間を縫う。

吉祥寺駅前交差点をまっすぐ渡る。が、そこから三笠が妙な行動を取り始めた。

三笠邸に戻るには、井ノ頭通りを左折して、吉祥寺通りを南下するのが常道だ。しかし、三笠はそのまま井ノ頭通りをまっすぐ進んだ。これでは、自宅が遠くなるばかりだ。三笠の歩も速くなる。

野村は時折小走りで三笠を追い、距離を保った。

三笠は二葉《ふたば》製菓《せいか》学校前の横断歩道を渡り、少し西へ進んだところで左の路地に入った。

高架下の駐車場に入り、さらに西へ進む。

野村は車や柱の陰に身を隠し、三笠を追尾する。東原に連絡を入れるか迷った。

三笠の動きは明らかにおかしい。だが、高架下を進んだとしても、途中、どこかで左に曲がれば、三笠邸にはたどり着く。三笠が勝手に帰路を変えただけという可能性もある。

今、三笠邸の本部は、永福町に現われた犯人の追跡指示でごった返しているだろうことは予測できる。

もう少し、待つか……。

思考を巡らせつつ、三笠を追った。

14

三笠邸の本部には、捜査員から次々と報告が飛び込んできた。

——犯人二名、甲州街道を桜上水方面へ逃走中！

——マル被一名、四二七を和田堀公園方面へ逃走！

——ウサギ二匹、井ノ頭通りを西永福方面へ逃走中！

各捜査員の声がスピーカーからこだまする。

「七班、西永福から永福町方面へ。十一班、十二班、甲州街道を固めろ。五班は和田堀公園へ！」

東原は報告を受けるたびに、近辺にいる各班を確認し、捜査員たちに指示を飛ばす。

——犯人二名が松原交差点付近で車を強奪。環七を南下しています！

「六班、八班、車で追尾しろ！」

大声で指示をし、テーブルを叩いた。

「何人いるんだ、犯人は！」

怒声が響く。東原はマイクを握った。

「全員、検挙しろ!」

声を荒らげる。

澪は、本部の混乱ぶりを部屋の隅で静かに見つめていた。

15

松川は何度目かの腕時計を見た。そろそろ十一時四十分になる。

もうすぐだな。

砂場にある円形オブジェの陰から少し顔を出し、吉祥寺駅方面を見やる。三笠の姿はまだ見えない。

ベビーカーのサンシェードを上げる。赤ちゃんの人形の下には、黒いビジネスバッグが置かれていた。三笠が金を入れているビジネスバッグと同じ物だ。

松川の指定通り用意していれば、すり替えてもわからない。

松川はポケットの中に手を入れ、リモコンでICレコーダーを再生した。赤ん坊の笑い声が聞こえる。

人形の顔を見て、松川は微笑んだ。

「もうすぐ、未来は開ける」

松川はつぶやき、人形の頬を撫でた。タイミングよく、無邪気な笑い声が響く。

再び、顔を上げて、駅方面を見た。松川の顔から笑みが消えた。

三笠の姿が見えた。ビジネスバッグを抱え、足早に砂場へ近づいてきていた。

松川はすぐさまドームのオブジェの陰に身を隠した。

鼓動が耳の奥で鳴り響く。呼吸が太くなる。緊張で一気に手が汗ばむ。

落ち着け、落ち着け——と繰り返す。

いよいよ、未来が開ける。底辺を彷徨《さまよ》った人生から脱する時が来る。

あと数分、数秒。自分のためにも、上田や谷岡のためにも、絶対にしくじれない一世一代の大勝負だ。

勝つ。必ず、勝つ！

松川は何度も何度も大きく呼吸をして、その時を待った。

16

三笠は高架下の駐車場を西へと歩いた。ところどころ、フェンスの仕切りで空間が途切れている。しかし、三笠は迷わず、先へ先へと進んでいた。

三笠邸は進行方向の左手にある。だが、三笠は一向に左折する気配を見せない。

野村は駐車中の車にも目を向けた。車中や車の陰に何者かが潜んでいるかもしれない。

駅に近い場所の駐車スペースには多くの車が停まっていたが、駅から離れるに従って、車の数も減り、人影もまばらになっていく。

西へ西へと進むほど、三笠の背を見据える野村の目が鋭くなる。

やはり、おかしい。

犯人に襲われないよう、用心して帰路を変えている可能性はあるものの、三笠の足取りに迷いがないのが気になる。

三笠は駅を出て、躊躇《ちゅうちょ》なく高架下まで来た。今ではまっすぐに前だけ見つめ、確かな足取りで進んでいた。

初めから、帰り道はここを通ると決めていたかのようだ。

しかし、自己の安全を考えてのことであれば、わざわざ人気のない高架下を通るのは解せない。

三笠が警察を信用していないことは承知しているが、身の安全を思うのであれば、野村以外の捜査員に帰宅ルートを知らせておく方が懸命だ。

少なくとも、秘書の有島澪には話しているだろう。そして、誰よりも社長や娘・千尋の身を案じている彼女ならば、三笠の言を無視して、東原や野村に話しているはず。

だが、それもなかった。

三笠と澪が共謀し、捜査側が与《あずか》り知らぬ行動に出ていると考えた方が自然だ。

三笠は本町三丁目公園を過ぎ、さらに西側のスペースへと進んでいく。三笠の前には武蔵野市立中央高架下公園が見える。

このまま進めば、三笠邸からますます離れてしまう。何者かに追尾されないよう帰路を変えているにしても、これは行き過ぎだ。少なくとも、三千万円入りのバッグを抱えているであろう三笠が、人目のない場所をこれほど長く歩くのは不自然極まりない。

何か起こる。

刑事の勘がざわついた。

野村は東原に一報を入れようと、上着の内ポケットに手を入れた。手元を確認するため、一瞬三笠から目を離す。

東原の番号を出してタップし、顔を上げる。

「どこだ！」

三笠の姿がない。

野村はスマホを握ったまま、小走りで遊具のある公園へ走った。

三笠は、青いドーム状の遊具の裏手にある砂場を覗いた。若い男がいた。ベビーカーに乗せた赤ん坊をあやしている。赤ん坊は無邪気に笑い声を発していた。

三笠は、きょろきょろと犯人を捜した。

「三笠。ここだ」

子供をあやしていた男が背を向けたまま言う。

「おまえか!」

「バッグを渡せ」

若い男は言うと、ベビーカーのサンシェードを開けた。赤子は人形だった。人形の下から三笠が持っているものと同じビジネスバッグを出す。

「なんだ、この鍵は?」

若い男はバッグの錠を見て、眉尻を上げた。

「警察をあざむくために仕方なくつけたものだ。金は入っている。千尋は!」

「安全な場所にいる。話している時間はない。早く渡せ」

若い男は背を向けたまま後ろにバッグを差し出した。

「ここで失敗すれば、娘さんの安全も保障できない。早く!」

語気を強める。

三笠はバッグを交換した。

若い男は素早く、金の入ったバッグを人形の下に入れ、サンシェードを閉じた。

「予定通り、自宅まで走れ」

「刑事が尾行しているぞ」

「織り込み済みだ。行け!」

若い男は言った。

三笠は奥歯をぎりりと嚙《か》みしめ、砂場から飛び出し、野村とは反対の方向へ走った。

野村は三笠を探し、周囲を見回していた。と、ドーム状の遊具の陰から三笠が姿を現わした。後ろを振り返る。野村と目が合った。

途端、三笠が走り出した。

「待て！」

野村も後を追う。

——もしもし、ノムさん？

東原が電話に出た。

「セイさん！　三笠が逃げた」

——逃げた？　どういうことだ？

「本部の端末で追ってくれ！　今、中央高架下公園を抜けたところだ！　待機中の捜査員にも追跡させろ！」

大声で言い、歩を緩めた。

三笠は駐車場の端まで行き、そのまま高架下を出て行った。

野村は三笠の残像を見つめて立ち止まり、腕時計に目を落とした。画面を切り替える。

三笠のバッグには発信機を付けていて、野村の腕時計で簡単な位置や方向は確認できる。

野村はさっそく、発信機の電波を拾った。バッグからの電波を受け、位置を表わす丸い点が点滅する。

三笠はさらに西へ走り去った。点滅は盤面の左側を高速で移動している……はずだった。

が、野村は怪訝《けげん》そうに眉根を寄せた。

画面内では点滅はまだ右手にある。つまり、バッグは野村の立ち止まった位置から東、駅に近い方向にあるということだ。

点滅はとてもゆっくりと動いていた。バッグまでの距離も二百メートルほどだ。

「どういうことだ……?」

三笠は走り去る時、バッグを持っていた。しかし、バッグから発せられる電波はすぐ近くにある。

野村は振り返った。公園内に目を向ける。

ベンチにホームレスがいて、眠っていた。若い父親がベビーカーを押して、駐車場の方へ歩いてくる。不審な点はない。

再び、画面に目を落とす。点滅はゆっくりと野村に近づいてきていた。

顔を上げ、周囲の様子を確かめ、再度画面を見て、を繰り返す。

「どうなっている?」

野村は戸惑った。

受信機を信じるなら、電波はベビーカーを押す父親のあたりから飛ばされていることになる。

手の中のスマートフォンが震えた。タップして通話をつなぎ、耳に当てる。

――ノムさん、三笠が逃げたって？

東原だった。

「そうだ。今、どこにいる？」

――発信機の電波はまだ、中央高架下公園から出ているよ。ノムさんの近くだ。腕時計の受信機で確認できるだろう？

東原が言う。

野村は公園を歩いているベビーカーの若い父親に目を向けた。

若い男か――。

「セイさん。公園にも捜査員を回してくれ」

野村は言って、若い男にゆっくりと近づいた。


松川は走り去る三笠の背中を見つめていた。と、ドーム状遊具の陰から中年の男性が、三笠の名を叫びながら走ってきた。

青いジャケットを着て、野球帽を被った男だ。

松川はベビーカーを押して砂場から出た。周囲を見回す。ホームレス以外、人影はない。

こいつが刑事か――。

刑事は三笠を途中まで追いかけたが、足を止めた。スマートフォンを出し、何やら話しながら腕時計を見ている。

刑事の立っているところの近くには、上田が待機しているワゴンがある。運転席に上田の姿は見えない。身を沈め、隠れているようだ。

刑事が三笠を尾行することはわかっていた。しかし、逃げた三笠を追いかけ、現場から消えるだろうと踏んでいた。

が、予想外にも刑事は足を止め、周囲を見回し始めた。

バレているのか……？

刑事の行動に神経が尖る。

とはいえ、のんきに動向を見守っている余裕はない。

行くしかないな。

松川はちらりと男を確認し、赤ちゃんの様子を見るように顔を伏せた。笑い声を再生させる。

「今日も元気ですねー」

笑顔で人形に話しかけ、足早にならないよう、ゆっくりゆっくり駐車場に向かう。

再び、上目で刑事の動向を見やる。

刑事が戻ってきていた。

鼓動が大きく鳴る。耳管にまで脈動が響く。喉の奥がひりつき、指先が震えそうになる。松川はベビーカーのハンドルを握り締める。

焦るなと自分に言い聞かせるものの、どうしても足取りが速くなる。

刑事の横を過ぎてしまえば、問題ない。

松川は祈るような気持ちで、刑事の脇を過ぎようとした。

が、伏せた目に影が被さった。顔を上げる。

刑事が笑顔を向け、ベビーカーの前に立っていた。

「元気なお子さんですね」

話しかけてくる。

「ええ、まあ」

松川はぎこちない笑みを作った。

「このあたりにお住まいですか？」

「はい。先日、引っ越してきたばかりなんですが」

「そうですか。どちらに引っ越されたんですか？」

「あ、ええと……平沼園前の交差点あたりです」

「ほお、よく交差点名などご存じですな」

刑事の目が若干鋭くなった。

やはり、疑ってるのか……。

松川の喉の奥が渇く。

「さっきから、無邪気に笑うお子さんですな。私も子供が好きなもので。顔を見せていただけませんか?」

刑事がサンシェードの奥を覗きこもうと身を屈める。

松川はとっさにポケットに手を入れ、再生スイッチのボタンを押した。いきなり、泣き声が再生される。

刑事が体を起こした。

「おお、ごめんごめん」

「すみません」

松川はハンドルを握り、刑事の脇をすり抜けようとした。

が、刑事が立ちふさがった。

「泣いたままはいけない。あやしてあげましょう」

刑事がサンシェードに手をかける。

松川の鼓動が高鳴った。全身が熱くなり、冷静な思考が一気に煮えたぎる。

開けられれば、人形だということはすぐにバレる。

どうする。どうする!

思考が飛んだ。

松川はベビーカーのハンドルを握った。素早く少し下がる。刑事が上体を起こした。

瞬間、松川はベビーカーを持ち上げ、真横に振った。刑事の左上腕から肩にかけて、ベビーカーが当たった。

刑事がよろけた。

赤ちゃんの人形やタオルケットが散乱する。ビジネスバッグも飛び出した。

刑事は踏ん張り、体を起こした。ビジネスバッグに目を留める。バッグに付いた錠を認めた。

「それは三笠のバッグか！」

詰め寄ろうとする。

松川は刑事に向かって、ベビーカーを投げつけた。刑事は足を止め、両腕をクロスさせ、顔をガードした。

その隙に、松川はビジネスバッグをつかんで駅の方へ走り出した。不測の事態が起こった場合、松川は駅方向へ逃走すると決めていた。

が、突如、松川の前にスーツ姿の男が三名現われた。

「ノムさん！」

一人が声を張る。

「そいつを捕まえろ！」

刑事が叫んだ。

三人が一斉に松川に迫ってきた。

松川は一気に公園を駆け抜けようとした。が、間合いを詰められ、フェンスに行く手を阻まれる。

公園の遊具や高架の柱を縫い、なんとか公園の敷地内から脱出しようと走り回る。しかし、男たちは声を掛け合いながら松川を包囲し、少しずつ逃げ道を塞いでいく。

中年刑事も男たちに加わり、松川は四人に囲まれた。住宅街へと通ずる植え込み前のフェンスにまで追いやられる。

松川はビジネスバッグを振り回した。バッグが男たちの肩や頭に当たる。ファスナーを留めていた錠が壊れた。

声を上げ、バッグを振り回す。松川のがなり声と刑事たちの威嚇《いかく》する声が高架下に反響する。

駐車場の方から上田が走ってきた。

松川は上田の方へバッグを投げようとした。右から男が迫ってきた。その男のスーツにぶら下がったままの錠が引っかかり、ファスナーが開いた。

そのまま勢いに任せ、放り投げる。宙を舞うバッグの口が開き、一万円札が舞った。

刑事たちは目を瞠《みは》った。松川の顔に絶望が浮かぶ。

背後から男が飛びかかってきた。体重を浴びせられ、松川の両膝が折れる。松川はそのまま男に組み伏せられた。

「観念しろ！」

襟首をつかまれ、後ろ首を押さえつけられる。

松川の顔は地面に押しつけられた。口に砂が入る。

「逃げろ！」

松川は声を張り上げた。

しかし、上田は松川の方へ走ってきた。上田を認めた刑事たち三人が前に立ちはだかる。

「一人で逃げられっか！」

上田は拳を固め、先頭の刑事に殴りかかった。刑事は上田の懐に踏み込み、左腕を上げ、大振りの右フックを受け止めた。

もう一人の刑事は上田の左後ろに回った。素早く伸縮警棒を振り出し、背中を思い切り打った。

上田が息を詰めた。刑事はすぐさま両膝の裏に伸縮警棒を叩き込む。膝がかくんと折れ、上田の上体が仰《の》け反《ぞ》った。

上田は仰向けに倒れた。そこへ正面にいた刑事が覆い被さる。上田は暴れた。上に乗った刑事を振り落とそうとする。もう一人の刑事が首元に座り込み、上田の首に右腕を巻いて体重をかけ、絞め上げた。

上田も動けなくなる。

中年刑事は息を切らせ、松川と上田を見下ろした。

「二人を連行しろ」

命じ、散らばった一万円札を見やる。

ホームレスが一万円札を拾っていた。

中年刑事はホームレスに近づいた。

「お兄さん、この金は持って行ってもらっては困るのでね。返してもらえんか」

落ち着いた声で話しかける。

ホームレスは体を起こした。

「では、あの二人も返してもらうぞ」

言うなり、ホームレスは中年男に短い右フックを放った。

拳は中年刑事の顎先を捉えた。意識が途切れ、中年刑事が膝からくずおれる。

「ノムさん！」

上田を押さえていた刑事の一人が駆け寄ってきた。

ホームレスは振り返った。

刑事が伸縮警棒を振り上げた。瞬間、ホームレスは一歩踏み出し、強烈な右前蹴りを放った。

踵《かかと》が刑事の鳩尾《みぞおち》にカウンター気味にめり込んだ。刑事は後方に弾かれ、仰向けに倒れた。息を詰め、胸元を押さえ、横向きになり呻く。

ホームレスは倒れた刑事の顔面を蹴った。足の甲が鼻梁を砕き、歯を折る。刑事の意識が飛んだ。だらしなく開いた口と鼻腔から血があふれる。

上田を押さえていた刑事の力が緩んだ。上田はその機を逃さず、刑事を振り落とした。すぐさま、立ち上がろうとする。

上田は刑事の顎を蹴り上げた。刑事は顎を跳ね上げ、真後ろに倒れた。

「至急至急！　中央高架下公園に犯人グループ！　応援を！」

松川を拘束している刑事が無線でがなり立てた。

ホームレスは松川の下に駆け寄った。

右回し蹴りを放つ。脛《すね》が刑事のこめかみを捉えた。刑事は真横に弾き飛ばされ、転がった。

強烈な蹴りを食らって白目を剝《む》き、痙攣《けいれん》している。

「立て！」

ホームレスは松川に右手を伸ばした。松川はその手を握った。強い力で引き起こされる。

「あなたは？」

「誰でもいい。逃げるぞ！」

ホームレスが言う。

上田が駆け寄ってきた。

「おまえ、誰だ？」

「話している暇はない。ついてこい」

「でも、金が――」

上田が散らばった一万円札に目を向ける。遠くでサイレンの音が響いた。

「捕まっちまったら元も子もねえだろ！　急げ！」

ホームレスは駅の方向へ駆け出した。

「車がある」

上田が言う。

「車は足がつく。捨てていけ。早くしろ！」

ホームレスが走り出した。

パトカーのサイレンが複数近づいてきた。

松川と上田は顔を見合わせて頷き、ホームレスの後について、高架下から走り去った。

17

「遅いね……」

千尋は時計を見ていた。

午後一時を回っていた。現場で金を受け取るのは正午前だと聞いていたので、少し心配になっていた。

谷岡も何度も時計を見やり、落ち着かない様子だった。

「ココア、もう一杯淹れようか」

谷岡が言う。

「うん、もらう」

千尋は空になったカップを差し出した。

谷岡はカップを受け取り、キッチンへ向かった。

と、玄関の呼び鈴が鳴った。

谷岡が足を止めた。千尋と顔を見合わせる。

「尚ちゃんたち、帰ってきたの？」

千尋が小声で言う。

「いや、ここへは戻ってこない予定だったんだけど……」

谷岡はカップを流しに置いた。

千尋は窓際に駆け寄った。カーテンの隙間を少し開き、窓から玄関口を見やる。

「男の人が三人いる」

谷岡は窓際に駆け寄った。千尋と代わり、窓下を覗く。ラフな格好をした三十代とおぼしきメガネの男、背の高い長髪の男、ずんぐりとした年配の男の三人がインターホンの前に立っていた。

「警察かなあ……」

千尋が複雑な表情を覗かせる。

千尋にとって、警察は保護してくれる味方でもある。が、警察がここへ来たということは、松川や上田が逮捕されたことに等しい。

「警察には見えないね。もし二人が捕まったなら、もっと大勢の刑事や警察官、パトカーも来るだろうし」

谷岡は言い、千尋に笑顔を向けた。

「ここで待ってて。見てくる」

「気をつけて」

千尋が言う。

谷岡は頷き、一階へ降りた。

インターホンのスイッチを押す。

「どちらさまですか？」

声をかけた。

――西崎さんからの使いだ。

メガネをかけた男が言う。

谷岡は真顔になった。

「僕の名前は？」

――フリーマンZ。

男は即答した。

フリーマンZというのは、谷岡が使っているハンドルネームだ。なんとなくヒーローっぽい響きが心地よく、ひそかに使っていた。

このハンドルネームは松川や上田にも教えていない。知っているのはSOHOの仕事を受注している会社、AZソリューションの人間や何かと親身になってくれる社長の西崎ぐらい。一部の者にしか伝えていない、合言葉にも使えるハンドルネームだった。

谷岡は頷いた。

間違いない。味方だ。

玄関へ行き、ドアを開ける。谷岡は周りを見ると、男たちを手招いた。

三人の男が格子の門柱を開け、足早に玄関へと入ってくる。谷岡は三人が入ると、すぐさまドアを閉じた。

「君がフリーマンZ、谷岡君だね？」

メガネの男が言う。

「はい。あなたは？」

「AZソリューションの高坂三晃《たかさかみつあき》。右の背の高いのが矢萩克己《やはぎかつみ》。左のおじさん……失礼、年配者が青井幸二郎《あおいこうじろう》さんだ」

「はじめまして。よろしくです」

谷岡は頭を下げた。

顔を上げ、高坂を見やる。

「どうしたんですか？　ＡＺの方がここへ来るなんて」

「緊急だ。君の仲間である松川君と上田君が捕まりそうになった」

「えっ！　失敗したんですか！」

谷岡の顔が蒼ざめる。

「金は受け取れなかった。しかし、二人の身柄は僕たちが奪還し、保護してある。僕たちは君を迎えに来た」

「しかし、二人からの連絡を待たないことには……」

「二人は連絡できる状況にない。これが証拠だ」

高坂はスマートフォンを出し、写真を表示した。谷岡に見せる。

上田と松川が映っていた。今朝、出かけて行った時の格好だ。写真に表示された時刻は12:30となっていた。

「彼らを助け出した僕たちの仲間から送られてきたものだ。とある場所に匿《かくま》っている。君もそこで彼らと合流を」

「不測の事態があった時は、僕一人でも逃げろと尚ちゃんは言ってたんですけど」

「予定は変わるものだ。松川君も上田君も君との合流を望んでいる。急いで。ここが特定されるのも時間の問題だから」

高坂がじっと谷岡を見つめる。

「……わかりました。では、用意してきます。千尋ちゃんも逃がしてあげないと」

「人質も連れてきてほしいとのことだ」

「尚ちゃんが?」

「そうだ。金を受け取れなかったのでな」

高坂が言う。

谷岡は逡巡した。

出ていく前も、ここ何日かの四人での話し合いの中でも、もし失敗しても千尋は家へ帰すことで合意していた。

上田ならともかく、松川がリスクを取って、勝ち目のない勝負に出ることは考えにくい。

「千尋ちゃんはここで逃がしてください」

「今は無理だ。ともかく、一緒に連れて行こう」

「ちょっと待っててください。用意してきますので」

谷岡は玄関に高坂たちを待たせ、二階へ上がった。

なんとなく、もやもやが拭えない。西崎の仲間だというから、信頼はできるのだろうが、それでも一抹の不安がよぎる。

「誰だったの?」

千尋が声をかけた。

谷岡は気づいたように顔を上げた。

「別の仲間だよ」

「別の？　晋ちゃんたち三人じゃなかったの？」

「僕らだけじゃ不安なんで、僕が独断で、別の仲間を用意していたんだ。よかったよ。尚ちゃんたち、逮捕されそうになったそうだ」

「捕まったの！」

「いや、別の仲間が助けてくれて、今、安全な場所にいる。僕もそこに行かなきゃならない」

「私はどうすれば……」

千尋が不安を覗かせる。

「尚ちゃんたちは、千尋ちゃんも連れてこいと言っているそうなんだけど、ちょっと信じられない。なんか、妙な感じになってるから、ここで別れた方がいいと思う」

「でも、玄関にはその別の仲間の人たちがいるんでしょう？」

「千尋ちゃん、身軽？」

「普通かな」

「千尋ちゃんの三畳部屋の窓からベランダに出られるんだ。そこから支柱を伝って降りれば、裏庭に出る。そこから隣の家の庭に入って出ていけば、みんながいる場所とは反対の道路に出られるよ」

「よく知ってるね」

「一応、ここへ踏み込まれた時の逃走経路は考えてたから。こんな感じで使うとは思ってなかったけど」

谷岡が微笑む。千尋も笑みを返した。

「晋ちゃんは大丈夫？」

「心配ないよ。仲間だから。目を離した隙に逃げられたと言っとく。さあ、行って」

「晋ちゃん……ありがとう」

「元気でね」

谷岡は笑みを見せた。千尋が笑おうとする。その笑みが強張った。視線は谷岡の後ろに向いている。

「谷岡君。勝手な真似は困るね」

高坂たちが靴のまま二階へ上がってきていた。

「その娘も連れてこいという命令なんだよ」

「命令って？」

「西崎さんからの命令だ」

高坂は言うと、顎を振った。

矢萩と青井が動いた。二人は両脇から千尋に駆け寄る。

「千尋ちゃん、行って！」

谷岡は声を張り、二人の前に立ちはだかった。

青井が谷岡の前に躍り出た。同時に、谷岡の胸ぐらをつかんで引き寄せ、股間に右膝を叩き込んだ。

谷岡は息を詰めて、股間を押さえ、膝を落とした。

「晋ちゃん！」

千尋は叫んだ。

矢萩が腕を伸ばす。千尋は矢萩の指先をかわし、三畳部屋に飛び込んだ。サッシ窓を開けようとする。少し、もたついた。

矢萩があっという間に距離を詰めた。襟首をつかみ、強引に後ろへ引く。

千尋はよろめき、敷居に引っかかって、尻もちをついた。

「何すんのよ！」

矢萩を睨む。

矢萩は左手のひらを振った。強烈な平手が千尋の頰を打った。千尋が横倒しになる。

谷岡は千尋の下に這い寄り、千尋に被さるように体を浴びせ、高坂を見上げた。

「乱暴するな！」

「おまえが勝手な真似をするからだろう。こっちは穏便に済ませてやろうとしたのによ」

先ほどまでの丁寧な口調からは一転、粗野な言葉遣いだった。

「さっさと立て！」

谷岡の襟首をつかむ。

谷岡は高坂の足に組み付いた。腕を引く。高坂の両足が浮き上がり、尻から落ちた。

「いてえな、こら！」

谷岡の顔面を足裏で蹴る。

谷岡の鼻がひしゃげ、血が噴き出した。

「晋ちゃん！　大丈夫？」

千尋は谷岡の肩を握った。

「何すんのよ、あんたたち！」

千尋が立ち上がる。

また、矢萩の平手が飛んでくる。谷岡は立ち上がり、千尋の脇で平手を受け止めた。

大きな手で頭を殴られ、一瞬、意識が白む。

谷岡はよろけた。椅子に手をつく。その椅子を握り締めた。

椅子を持ち上げ、振り回す。

矢萩に当たる。椅子が砕け、飛び散る。

谷岡はもう一つの椅子を取り、青井に向かって投げつけた。青井が避ける。玄関側のサッシ窓に当たり、ガラスが砕けた。ガラス片が玄関先に降り注ぐ。

「逃げろ！」

谷岡は叫んだ。千尋は青井の脇をすり抜けようと走った。

谷岡はもう一つの椅子をつかんだ。振り上げ、立ち上がった高坂を狙う。

「いい加減にしろや！」

高坂は右拳を固め、谷岡の懐に踏み込んだ。腰を落とし、大振りのフックを浴びせる。

拳は谷岡の左頰にめり込んだ。谷岡の顔面が歪んだ。高坂は腕を振り抜いた。

谷岡は椅子を持ったまま後方へ吹っ飛んだ。テーブルをなぎ倒す。手から離れた椅子が食器棚に当たった。けたたましい音がし、ガラスや陶器の破片が飛散する。

千尋は割れたサッシ窓から下へ飛び降りようとしていた。しかし、青井に襟首をつかまれた。

強い力で後ろに引かれる。千尋の体が宙を舞い、フロアで腰をしたたかに打ちつけた。

高坂は千尋をまたぎ、胸ぐらをつかんで顔を寄せた。

「観念して、一緒に来い」

「ふざけんな！」

千尋は唾を吐きかけ、睨んだ。

高坂の右頰に唾が垂れる。高坂は右手のひらで唾を拭った。

「三笠の娘にしちゃあ、根性があるな。ただ、行儀の悪いガキは嫌いだ」

高坂は頭突きを浴びせた。

強烈だった。頭骨から鈍痛が響き脳を揺らす。意識が朦朧《もうろう》とした。

高坂は手を離し、立ち上がった。

「こいつらを拘束して、車に運べ」

命ずる。

青井と矢萩が動く。

谷岡と千尋はそれ以上抵抗できず、高坂たちの手に落ちた。

第4章　傀儡

1

病院に運ばれた野村は、治療を受け、一時間後に目を覚ました。顎は多少腫れているが、深い外傷は負っていなかった。

野村は、今日一日は安静にという医師の助言も聞かず、三笠邸に戻った。

本部はいまだ、永福町駅に現われた複数の現金強奪犯を検挙することに追われていた。東原を中心に、話しかける間もないほどごった返し、部屋中に怒号が飛び交っている。

野村はすぐ澪の姿を認め、駆け寄った。

「有島さん」

声をかける。澪の顔があからさまに強張《こわば》った。

「三笠氏は?」

「書斎に……」

澪が答える。

野村はそのまま二階へ上がった。澪は階段の下から心配そうに野村の背中を見つめる。

書斎の前に立つ。野村はノックもなしにドアを思いっきり引き開けた。

執務椅子に背を深くもたせかけていた三笠が、びくりとして上体を起こした。

三笠の顔が引きつる。

野村は三笠を睨《にら》みつけ、机に歩み寄った。目の前に仁王立ちし、開いた両手を思いっきり天板に叩きつけた。

ドンという音に、三笠の腰が跳ねた。

「どういうことなんだ！」

野村は怒鳴った。

怒鳴り声が階下まで響く。澪があわてて駆け上がってくる。異変に気づいた東原も、指示を部下に任せ、二階へ上がってきた。

「あの若い男は誰だ！」

「知らん！」

「いい加減にしろ！」

野村は再び、天板に両手のひらを叩きつけた。三笠もまた、びくっと跳ねる。

野村は右腕を伸ばし、三笠のワイシャツをつかんだ。

「誰なのか、言わんか！」

絞め上げて引き寄せ、三笠の上体を揺さぶる。

「く……苦しい……」

三笠の顔がみるみる紅くなった。喉元に指を通そうともがく。

「言え！　言わんか、貴様！」

野村は怒鳴り、三笠の襟首を絞めた。

「野村さん！　やめてください！」

澪が駆け寄り、野村の腰に組み付いた。

「ノムさん、落ち着け！」

東原も駆け寄って野村の腕をつかみ、澪と共に引き離す。

野村は三笠から手を離した。目を吊り上げ、三笠を睨む。三笠は野村の視線を避け、咳き込みつつ、喉元をさすった。

「仕方なかったんです！」

澪が声を張った。

「有島君！」

三笠が澪を睨む。が、澪は野村に目を向けたまま話した。

「犯人から電車へ身代金を置けという指示があった後、もう一度社長室に連絡があり、サザビーのビジネスバッグに身代金を入れて、中央高架下公園の砂場で交換しろという指示が来たんです」

「なんだと？」

野村が気色ばむ。

「最初の連絡はボイスチェンジャーを使っていましたが、二度目の連絡ではそのままの声でした。電話の向こうで千尋ちゃんも殴られ、悲鳴を上げていました。だから、社長も私も、犯人が本当に千尋ちゃんを殺すかもしれないと思って――」

「それで、黙っていたというのか！　そんな大事なことを！」

野村は怒鳴った。口唇が震える。

東原が澪と三笠の間に入った。

「つまり、犯人は電車での受け渡しを囮《おとり》に使い、こちらの捜査を混乱させて、その機に乗じて公園で身代金を受け取り、逃げるつもりだったということだな？」

東原は澪と三笠を交互に見やった。澪は頷き、三笠はうなだれた。

「どうする、ノムさん？」

野村に顔を向ける。

野村は仁王立ちしたまま、腕組みをした。眉間に皺《しわ》を立て、宙を睨む。

「事実、永福町の方の金は奪われているわけだな？」

「そういうことになるね」

東原が答える。

「彼らはなぜ、この計画を知ったんだ？」

「それは連中に訊《き》いてみるしかないな。もうすぐ、何人かは捕まえられるだろう」

「セイさん、今、金を持って逃げている者、あるいはそのグループはわかるか？」

「ほぼ、つかんでる」

「各駅に配置した捜査員はみな、そいつらを追っていると思うが、そのうちの三分の一をこっちへ戻して、中央高架下公園で金を奪おうとした者たちの足取り捜査に向けてくれ。永福町からの逃走者を捕まえたら、ここへ連れてくるよう指示を。それと、この書斎の前に捜査員を二人配置。庭から書斎が見える場所にも二人配置してほしい」

「わかった」

東原は足早に部屋を出た。

「三笠さん、有島さん。申し訳ないが、ある程度、全体像がつかめるまで、あなたたちにはこの書斎にいていただきます」

「監禁するのか！」

「これ以上、勝手な行動をされると、本当に娘さんの命が危ないですからな。食事や飲み物については、ドア前にいる捜査員へ申し出てください。外部への連絡、外部からの連絡の受信は自由ですが、携帯、固定電話、メール、ＳＮＳ、ＬＩＮＥなどの通信はすべて、こちらで傍受させていただきます。よろしいですね？」

野村が三笠を見据える。

「よろしいですね？」

再度、語気を強める。

「……わかったよ」

三笠は大きなため息をついた。

「犯人からの電話について、何度か訊くこともあるが、お二人とも正直に答えていただきたい。済んだことは仕方がない。千尋さんの救出に向け、全力を尽くします」

野村はそう言い、部屋を出た。

2

書斎のドアが閉まった。

三笠は天板に拳を打ちつけた。

「あいつが邪魔をしなければ、千尋は戻ってきたんだ！」

天板を睨み、歯ぎしりをする。

「社長……。しかし、野村さんは警察としての仕事をしただけで」

澪がなだめようとする。

しかし、三笠は憤りがおさまらない様子で、何度も何度も拳を叩きつけた。

「あの時も、あいつが邪魔しなければ」

天板を睨みつける。

三笠は、旧フレンドシップを現在のＭＩＫＡＳＡに合併した時のことを思い出していた。

三笠が西崎賢司の死後、フレンドシップを自社に吸収合併したのは、純粋に価値があると判断したことと、ある思いを受け止めたからだ。

フレンドシップには優秀な人材とプログラミング技術があった。投資家として、将来成長の見込める技術と人材を放っておく手はない。

しかも、当時、三笠は筆頭株主だった。他の投資家が手にしていた株も二束三文で売られていた。ＴＯＢを仕かける必要もなく、フレンドシップのすべてを簡単に手に入れられた。

そうした背景があり、三笠の関与が疑われたが、他殺とする証拠はなく、捜査本部も最終的に自殺と判断した。

それで、一連の事件は終息したはずだった。

しかし、野村がその後もしつこく事件を追い続けたことで、いったんはＭＩＫＡＳＡの傘下に素直に収まった旧フレンドシップの一部の社員たちが不信感を抱き、本体の社員と衝突する事態となった。

結局、野村の調べでも他殺とは断定できなかったが、一度もつれた糸はほぐせず、優秀な人材の一部を失うこととなった。

投資家としては大損だ。

野村が余計な真似をしなければ、すべてはうまくいっていた。

今回もそうだ。

野村が三笠を無視して、電車内に現われる犯人だけに集中していれば、中央高架下公園での現金の受け渡しはスムーズに行なえた。

せめて、三笠を追いかけてきていれば、その間に犯人が逃げおおすこともできた。

だが、野村は公園内で立ち止まり、真犯人を見つけ、捕らえようとした。

刑事としては優秀なのかもしれない。しかし、三笠にとってはいつでも邪魔者でしかなかった。

「もし、千尋を失ったら、野村だけは殺してやる」

「社長、そんなことを考えてはいけません」

「君に迷惑はかけない。これは、私と野村の問題だ」

「なぜ、そこまで気になさるのですか?」

澪が訊く。

「君は、疫病神《やくびょうがみ》の存在を信じるか?」

三笠が唐突に訊く。

「いえ、そのようなものは……」

「私は信じている。何かにつまずくとき、必ず関わってくる者がいる。私にとって、野村はその一人。このままあいつにまとわりつかれれば、千尋の命はおろか、会社での私の地位も失うことになる」

「そんなことは――」

「あるんだよ。なぜか、関わるとろくなことにならない、事態が悪い方向へ向いていく者がいるんだ。君も気をつけるといい」

「恐縮です」

澪は軽く頭を下げた。

三笠は椅子の背もたれを倒し、靴を脱いでオットマンに両脚を乗せた。

「私は少し寝る。どのみち、ここからは出られんのだからな。君もソファーで休んでいろ。会社からの連絡も無視していい」

「承知しました。では、私も休ませていただきます」

澪は応接ソファーに座り、深くもたれた。両手を軽く握って、下腹部に置き、目を閉じる。

三笠は腕組みをして目を閉じたが、怒りや憤りで眠れなかった。

3

松川と上田は、ホームレスの男に連れられ、吉祥寺駅からJR中央線に乗った。

そのまま終点の東京駅まで行き、八重洲の地下駐車場へ連れていかれた。

どこへ行くのか、誰が待っているのか、松川も上田も若干の不安を感じていた。だが、計画が失敗に終わり、警察に追われている今、頼れるのはこのホームレスの男しかいないのも現実だ。

二人はホームレスの男の後ろに付き、駐車場を奥へと進んだ。

ライトがパッシングされた。三人は一瞬、足を止めた。正面に黒塗りのミニバンが停まっている。

ホームレスの男は右手を小さく上げ、ミニバンの方へ急いだ。松川と上田の足取りも速くなる。

ホームレスの男が車の陰に入ると、スライドドアが開いた。

「乗れ」

急《せ》かされる。

二人は促されるまま、乗り込んだ。上田は三列目の後席に入れられた。隣には男がいる。二列目に乗った松川の隣にも男がいた。

ホームレスの男は助手席に乗り込んだ。薄汚れたジャンパーを脱ぎ、真新しい黒いTシャツ姿になる。帽子を脱ぐと、一緒に髪の毛も取れ、短髪が現われる。男は服と帽子を足下に押し込んだ。

「いいぞ」

ホームレスの男が言う。運転手がエンジンをかけた。ゆっくりと滑り出す。

車は地下から直接、首都高速道路に乗った。汐留方向へ向かっている。

「臨海へ行くのか？」

上田が隣の男に訊いた。

隣の男は何も答えない。上田はため息をついて、車窓に目を向けた。

十分ほど走り、台場出口で車は高速から降りた。

通りを徐々に南下したミニバンは、テレコムセンターの南東に広がる倉庫街へ向かった。

青海四丁目の倉庫街へ入り、敷地内にある古びた倉庫の中へ車を乗り入れた。シャッターは開けっ放しだった。

助手席のホームレス男が降り、スライドドアを開ける。

「降りろ」

松川に言う。松川は従った。

シートを前に倒し、奥から上田も降りてくる。松川と上田は倉庫内を見回した。

がらんとした室内だった。荷物はなく、左隅に荷積み用のパレットが積み上げられている。

「ここは？」

松川が訊いた。

「我が社が所有している倉庫だ」

「我が社？」

「紹介が遅れたな。俺はＡＺソリューションというＩＴ企業の副代表、郷原だ。こいつらもうちの社員だ」

郷原は車から降りた男たちを目で指した。

上田は郷原や他の男たちを見た。みな、服の上からでも鍛えているのがわかるほどの体格をしていて、他人を威嚇《いかく》するような目つきだ。

「ＩＴ関係者には見えねえな」

上田は郷原を睨んだ。

「よく言われるよ」

郷原は言い、口元に笑みを覗かせた。

「なぜ、あんたらが俺たちを助けた？」

上田が訊く。

「いや、それ以前になぜ、僕たちの計画を知っていたんですか？」

松川が訊いた。

「もう少し待ってくれ。説明するから」

郷原は倉庫の出入口に視線を向けた。松川と上田も同じ方を向く。

郷原の仲間の一人が出入口に走った。外を見つめる。しばし、妙な沈黙が松川たちを包む。

五分ほど経って、出入口にいた男が郷原の方を見た。

「来ました！」

郷原の下に駆け寄る。

すぐさま、濃紺の3ナンバーのセダンが入ってきた。静かに倉庫内を進み、郷原の前に横付けする。仲間の一人が後部ドアを開けた。

すらりとしたスーツ姿の男が降りてきた。郷原の仲間たちが頭を下げる。スーツ男は郷原に近づき、握手をした。そのまま松川と上田の前に立つ。

「君が……松川君。そっちの体格のいい君が上田君だね」

それぞれに目を向け、言った。

「そうですが……。あなたは？」

松川が訊く。

「AZソリューション代表の西崎です。よろしく」

西崎が笑顔で右手を差し出す。あまりにも自然なので、松川もためらうことなく握手をした。

西崎は柔らかく松川の手を包み、力強く握った。仕事のできる青年社長といった風情だ。上田も右手を出され、つい握手をした。

「ここは、サブサーバー、バックアップサーバールームにするつもりで購入したんだよ。今は殺風景だけど、二年後にはここにサーバーが並ぶことになる。こんなところに連れてきて申し訳なかったが、ここは完全なうちの持ち物なので安全なんだ。もう少ししたらまた移動するのでね。僕の車でよければ」

西崎が自分が乗ってきたセダンを指す。

社員の一人が後部のドアを開けた。

西崎が先に乗った。松川が促され、西崎の隣に座る。上田は運転手に言われ、助手席に座った。運転手が乗ってくる。外にいた郷原たちが助手席や後部座席のドア横に立った。

「狭い車で申し訳ないね」

西崎が自嘲する。

「これで狭けりゃ、街中を走ってる連中の車は犬小屋だ」

上田は言った。

「それはいい。うちのクライアントの高級車ディーラーに伝えておこう」

西崎が笑う。上田は口をへの字にし、腕組みをしてフロントを睨んだ。

「西崎さん、AZソリューションという会社は何をしているのですか?」

「企業のシステムプログラムを作ったり、メンテナンスをしたりする会社だよ。昔はソフトも作っていたけど、利幅が薄いんで、企業向けに特化したんだ」

「そうですか。そんな人がなぜ、僕たちのことを知っているんですか?」

「谷岡君に聞いたんだ」

「晋ちゃんに？」

松川は西崎を見た。助手席にいた上田も振り返る。

「あんた、晋の知り合いなのか？」

「知り合いというか……いい先輩といったところかな」

「晋ちゃんが西崎さんのところで働いていたとか、そういうことですか？」

「それも違うかな。私と谷岡君が知り合ったのは、インターネット。谷岡君がＳＮＳで悩みをつぶやいていて、それにダイレクトメールを送ってあげたのがきっかけだったね」

「ネットの知り合いってわけか」

上田が西崎を見る。

「まあ、そういうことになるね」

「そこで、俺たちのことも聞いたってのか？」

「そうだね」

「そこまではわかるんですが、なぜ、郷原さんは今日の僕たちの計画を知っていたんでしょうか。そこがどうにもわからない」

松川が首を傾げる。

「簡単な話だよ。谷岡君に教えてもらったんだ」

「晋がしゃべったってのか！」

上田の眉間に皺が寄る。

「彼がしゃべったというより、今回の計画を立案したのは私なんだよ」

西崎はさらりと言った。

松川と上田の表情が強張った。

「どういうことですか？」

「そのままだ。谷岡君が人生みじめなままで終わりたくないというのでね。大金をつかめば運命は変わると教えてあげた。すると、どうすればいいかと訊いてきたので、金のあるところから取ればいいと教えた。例えば、ＭＩＫＡＳＡの社長、三笠崇徳のようなヤツから、と。谷岡君は乗り気になってね。だから、私の方で計画を立ててあげた。実行するかどうかは彼の胸三寸だったが、彼は人生を変える方を選んだ。立派だと思うよ」

「ちょっと待て。あんた、どこからこの計画に関わってんだ？」

上田はセンターコンソールに右肘をかけ、後席に上体を乗り出した。

「君たちが聖蹟桜ヶ丘の一軒家へ移る前からだな」

「つまり、晋ちゃんが言っていた、ルームシェアできる家を紹介してくれた社長が西崎さんということで、その時からすでに、今回の計画が始まっていたということですか？」

質問する松川の声が震える。

「聡明だね、松川君は。そういうことだ」

西崎が片笑みを覗かせた。

「俺たちは、そんな前からあんたに踊らされてたってことか。ふざけんな！」

上田が左腕を伸ばした。西崎の胸ぐらをつかむ。

助手席のドアが開いた。脇に立っていた郷原が上田の後ろ襟をつかんだ。強烈な力で車内から引きずり出す。

上田は足元がふらつき、尻もちをついた。

「何すんだ！」

顔を上げた。

瞬間、上田の鼻頭に郷原の右膝が食い込んだ。上田の顔が歪んだ。背中から地面に叩きつけられる。

郷原は右脚を上げた。踵を上田の腹部に落とす。

上田は目を剝《む》いて腹を押さえ、胃液を吐き出し横たわった。

「洋介！」

松川が後部ドアを開けようとする。

「松川君」

西崎が声をかけた。

振り向こうとした。その眼前に拳が迫った。避けられなかった。

西崎の左裏拳が松川の顔面を抉《えぐ》った。ヘッドレストに後頭部を打ちつけた。バウンドし、顔が前に傾く。鼻と口からしぶいた鮮血が、松川のズボンやフロアカーペットに降り注いだ。

「騒ぐんじゃない。おとなしくしていれば、俺の車を汚したことは許してやる」

西崎の口調ががらりと変わった。ポケットからハンカチを出し、左手の甲に付いた松川の血糊を拭き取る。

西崎はそのハンカチを松川に渡した。

「血を垂らすな」

松川はハンカチを受け取り、鼻と口元を押さえた。顔面が脈動して熱くなる。口の中に鉄の味が広がる。

松川はうなだれたまま双眸《そうぼう》を見開き、足下を見つめた。

後部のドアが開いた。ミニバンに乗っていた男の一人が松川の肩をつかみ、引っ張る。松川はよろよろと車外へ出た。

いきなり、足をひっかけられ、引き倒された。うつぶせに寝かされ、両腕を結束バンドで縛られる。両足首も結束バンドで拘束され、口にはビニールテープを何重にも巻かれた。

気づけば、上田も同じように拘束されていた。

セダンに目を向け、西崎を睨む。

西崎はうっすらと笑みを浮かべた。

「松川君。君のおかげで、いい方向に計画が進んだよ。ありがとう」

西崎は言い、ドアを閉じた。

ゆっくりとセダンが動き出す。

松川は呻きながら、暴れた。と、脇に立っていた男が右足を振った。

松川は目を剝いて呻いた。口の中の血と胃液が混じる。

まもなく、松川の両眼にも、ビニールテープを巻かれ、視界を奪われた。

「おまえら、これ以上逆らうな。殺したくはないからな」

郷原の野太い声が響く。

「運べ」

郷原の命令が聞こえた。松川は二人の男に脇の下と脚を抱えられ、ミニバンに乗せられた。少しして、松川の隣に上田らしき男も乗せられる。

男たちが無言で乗り込んでくる。スライドドアの閉まる音がする。

前席のドアも開閉する音が聞こえ、車が動き出した。

松川と上田はなすすべなく、倉庫から運び出された。

4

谷岡と千尋を乗せた車が停まった。

後部のドアが開く。

「降りるぞ」

高坂の声がした。

「きゃっ！」

千尋の短い悲鳴が聞こえる。

「千尋ちゃんに手を出すな！」

谷岡は声のした方に顔を向け、怒鳴った。

「車から降ろしただけだ。いちいち声を張るな」

高坂が言う。

まもなく、谷岡も車から降ろされた。

谷岡と千尋は、両手首をガムテープで拘束され、目隠しをされて車に乗せられた。ずいぶんと長い時間を走り、ぐねぐねと曲がる道も走ってきた。

車外へ出た谷岡は耳を澄ませ、空気を吸い込んだ。

枝葉が擦れる音がする。緑と土の匂いが濃い。かすかだが、川のせせらぎも聞こえる。

山の中だな……。

谷岡は思った。

聞こえてくる音や匂いが、実家のある山間の町を思い出させる。

歩くたびに足が沈む。ふかふかの絨毯を歩くような感覚は、おそらく腐葉土だろうと感じた。

少し歩き、立ち止まる。

錠を開ける音がした。続いてドアの開く音がする。蝶番《ちょうつがい》は軋んでいた。古い建物のようだ。

中へ入れられる。少し湿った木材の匂いがし、黴《かび》臭さも感じた。

階段を上がる。コンクリートの階段だった。砂利のようなものを踏みしめ、二階と思われるフロアの廊下を進む。

また立ち止まり、鍵がちゃらちゃらと鳴る音が聞こえた。解錠し、ドアを開ける。

谷岡は中へ連れ込まれた。

突き飛ばされた。足下がおぼつかず、つんのめって両膝をついた。顔から落ち、頬骨を打ちつけ擦り傷ができた。その上に、短い悲鳴と共に千尋が乗っかってきた。谷岡は潰れ、うつぶせた。

「外してやれ」

高坂の声が聞こえた。

谷岡は目隠しを取られた。眩しさに一瞬目を細める。すぐ近くに千尋の姿を認めた。千尋もまた、明かりに目を細めていた。

視界が戻ってきた。高坂たち三人が谷岡と千尋を囲むように立っている。

部屋を見回す。広い部屋だが、窓がなかった。正確には、窓があったと思われるところがコンクリートで塞がれていた。

　フロアは絨毯張りだった。全体がコンクリートかすや砂埃で白んでいて、ところどころ擦り切れていた。

　収納があったと思われるところも、中板や扉はすべて取り去られ、区切り柱だけが残っている。

　部屋の隅には、真新しいマットと毛布が置かれていた。

　壁にはエアコンがあった。空調はすべて、一台のエアコンで行なっているようだ。

　天井にはシーリングライトが取り付けられている。シェードは少し汚れているが、部屋全体を照らすには十分な明かりを灯していた。

「ここはどこだ？」

　谷岡が訊く。

「さあな。おまえたちが知る必要はない」

　高坂は片頬を上げ、二人を睥睨《へいげい》した。

「疑問は抱くな。おとなしくしていれば、すべてが終わった後に解放する。この部屋から出すことはできないが、食事は運んでやるから飢え死にすることもない」

「どうやって食べろと言うんだ」

　谷岡は背後に顔を傾けた。

「おまえらが逆らわないとわかったら外してやる。それまでは、這っても食えるものを用意してやるよ」

高坂はにやりとした。

千尋が高坂を睨み上げた。

「あんたたちの施しなんか受けない！　声が出なくなるまで叫んでやる！」

すると、高坂が笑い声を立てた。矢萩と青井もくすくすと笑う。

「何がおかしいの！」

「叫んでもかまわんが、ここの周りには人もいなけりゃ、家もない。熊にでも助けてもらおうってのか？」

高坂は言い、さらに笑い声を立てる。

「うるさーい！」

千尋は声を張り上げた。

それでも高坂たちは笑い続ける。

「まあ、好きにしろ。ただ、あまり長く逆らって、手首の拘束が続けば、血流が止まって指先から壊死《えし》して、両手首から先がポロリと落ちてしまう。手のない生活がしたけりゃ、永遠に叫んでろ」

高坂は矢萩と青井を見た。互いに頷き、部屋から出て行った。

鍵をかけられる。室内は二人だけとなった。

谷岡は千尋を見た。

気丈に高坂を睨みつけていた大きな瞳に、涙が滲《にじ》んでいた。

「千尋ちゃん、ごめんね。こんなことになるなんて思わなくて……」

谷岡が言う。

千尋は下唇を噛《か》んだ。涙をこらえ、谷岡に目を向ける。

「どういうことなの。一から話してよ」

千尋は責めるような目で谷岡を見つめた。

谷岡はうつむいた。

「三年前のことだったんだ。僕はSOHOで仕事をしててね。簡単なプログラムのチェックをしていたんだ。その時、西崎さんというIT会社の社長さんと知り合った」

「実際に？」

「いや、SNS上で。その頃、僕はなんだか煮詰まっててね。西崎さんが僕のつぶやきを目に留めて連絡をくれて。それから僕は西崎さんに思いの丈を吐き出すようになったんだ。西崎さんは僕のたわいもない愚痴を根気よく聞いてくれた。毎日のようにメッセージでやり取りしていて、三ヶ月経った頃かな。西崎さんにいい仕事があると言われたんだ。人生を変えられる大きな仕事があると」

「それが、私の誘拐？」

千尋が訊く。

谷岡は頷いた。

千尋は呆れたように顔を横に振り、ため息をついた。

「最初は僕も、そんな大それたことはできないと断わった。いや、西崎さんの冗談だと思ってた。でも、西崎さんは本気で言っていたんだ。金持ちから金を奪って何が悪い。それで僕が立ち直れるなら、取られた側も本望だろうと。ちょうどその頃、唯一続いていたバイト先も解雇されて、家賃も払えなくなって、アパートを追い出される寸前だったんだ。千尋ちゃんはさ、たった百円のおにぎりも買えなかったことってある？」

「ないよ」

「人間ってさ。貧すれば鈍するんだよね。何もかもうまくいかなくて、空腹も続いて、将来に希望もなくて、その日その日を生きるのが精いっぱいで。そういう時ってね。西崎さんのような言葉が沁《し》みるんだよ。成功している人すべてが妬《ねた》ましくなって、正常な判断ができなくなるんだ。そして、いよいよアパートを追い出されるとなった時、僕は西崎さんに言ったんだ。身代金目的の誘拐、やりますって」

「バカじゃないの！　第一、その西崎って人、誘拐なんて言い出すくらいだから、まともなわけないじゃん！　会って言われたの？　電話で話したの？」

「いや、チャットだけだよ」

「なんで、それで信じられるの？」

「今になれば、そう思うよ」

谷岡はやるせない笑みを浮かべた。

「ただ、そういう時って、今の千尋ちゃんみたいにまともな意見をぶつけてくれる人なんて、周りにいない。堕《お》ちた人間の周りからは、人が消えるんだよ。千尋ちゃんにはわからないと思うけど」

「いるじゃない！　尚ちゃんや洋介が。なぜ、困った時に話さなかったのよ」

「話せないよ。僕の唯一の友達だもん」

「友達だから話すんでしょ？」

「違うよ。本当に大事な友達だから、自分のみっともない姿は見せたくない。そういう姿をさらせば、尚ちゃんたちは助けてくれただろうけど、二人ともきつい思いをしていたのも知ってたし。迷惑はかけられないしね」

「わかんない。わかんない！　それじゃあ、なんのための友達なのよ！　助け合うのが友達じゃないの？」

「じゃあ、訊くけど。千尋ちゃんが五十万円しか持ってなくて、千尋ちゃんの友達が困ってるから百万貸してと言われたら貸せる？」

「貸せるよ」

「借金してでも？　お父さんを頼るのはなしだよ」

「貸せる。私なら貸す。半分あげた気持ちで貸す」

「なぜ？」

「だって、友達だから」

「でもさ。お金の貸し借りをした瞬間に、友達ではなくなるんだよ。貸した方は友達だと思ってもさ。借りた方は返さなきゃいけないと思うじゃない。借りた方はずっと、貸した側に負い目を感じて生きることになるんだ。それはもう友達じゃないよね。僕がどんな状況にあっても、昔話ができるのが友達だよね。違うかな？」

「それこそ、気の持ちようじゃん」

「そう、気分の問題。貸した方は今まで通りにいようと思っても、借りた側は返せなくなればなるほど、負い目を感じるようになる。少なくとも、僕はそう思ってしまう。だから、尚ちゃんたちには話せなかった。話していれば、なんとかしてくれたとは思うけど、それを返せるアテが当時の僕にはなかったからね」

「でも、尚ちゃんたちも私の誘拐に関わったじゃない。犯罪に引き込む方が、悪いんじゃないの？」

「まだ、その方が気は楽だよ。さすがに人殺しなんかはダメだと思うけど、お金を奪うだけだし、そのお金もみんなで山分け。手伝ってくれた分、尚ちゃんや洋介に多めにあげればいいんだから」

「晋ちゃんはまだまともだと思ってたけど。思いっきり壊れてるね」

「どこか壊れてないと、誘拐なんてしないよ」

谷岡は自嘲した。

「でも、初めは僕一人で実行するつもりだったんだ。もちろん、刑務所覚悟でね。その前に、尚ちゃんたちに会っておきたくて、連絡したんだ。そうして会って話してたら、尚ちゃんも洋介も、自分と似たような境遇に陥っていたことがわかった。だから、一緒に暮らすことを提案したんだ。西崎さんが用意してくれた聖蹟桜ヶ丘の家で。最初は、友達も困っているから住まわせてほしいと頼んだだけだったんだけど、そのうち、西崎さんが友達も困っているなら、三人で実行したらどうだと言ってきたんだ。その方が成功する確率が増すと。さすがにね、僕も揺れたよ。ただ、一人でするよりは心強いし、尚ちゃんも洋介もどんどん状況が悪くなっていたし。それで、二人に話したんだ。洋介はあんな感じだから、すぐに乗ってきたけど、尚ちゃんは最後まで慎重だった。けど、尚ちゃんも借金を抱えてた。頼れる人もいなかった。みんな、ギリギリだったんだ。そして、三人で実行することに決まった」

「西崎って人はなんと言ったの？」

「成功を祈ると同時に、不測の事態が起こった時はサポートするから、計画の詳細は教えてほしいと」

「教えたの？」

　千尋が訊く。

　谷岡はうなだれたまま、小さく頷いた。

「さっきの三人が家に来て、尚ちゃんたちが捕まりかけたところを助けてくれたと聞いた時は、本当によかったと思った。けど、まさかこんなことになるとは思いもしなかった」

「ごめんね。親から身代金を取る手伝いをしてた私が言うのもなんだけど、どこをどう切り取ってもおかしいよ。それに気づかないなんて、理解できない」

千尋はもはや怒りを通り越し、呆れた口ぶりだった。

「そうだよね。ほんとにそうだ」

「ひょっとしたら、尚ちゃんたちが捕まったというのも嘘かも。高坂が私たちを連れ出す口実だったのかもしれない」

「それならそれでいいよ。あの二人にはとんでもないことをさせてしまったから、無事でいてくれるだけで罪を償える気がする。もちろん、千尋ちゃんもここから無事に逃がすから。僕の命に替えても」

「期待はしないけど。ありがとう」

千尋が言う。

強張った谷岡の顔が、少しだけ和らぐ。

「でも、もし尚ちゃんたちが無事なら、助けに来てくれるかもよ」

「僕を捜すことはないと思うけど」

「そんなことない。尚ちゃんも洋介も、根っから悪い人とは思えないもん。それに」

千尋は谷岡をまっすぐ見た。

「晋ちゃんにとって、尚ちゃんたちが大事な友達であるように。尚ちゃんたちにとっても晋ちゃんは大事な友達なんじゃない？」

千尋が言う。

素直な千尋の言葉が谷岡の胸に突き刺さった。胸の奥底に押し込めていた自責の念が一気に噴き出す。

谷岡の双眸から涙があふれた。

止まらない。

谷岡は額をカーペットに擦りつけた。

「ごめんなさい……ごめんなさい！」

詫《わ》びながらしゃくりあげる。

「ちょっと。泣かないでよ」

千尋は谷岡に体を寄せた。

「ごめんなさい、ごめんなさい」

谷岡は泣きじゃくる。

「ホントにやめて！」

そう言う千尋の目からも涙がこぼれていた。

胸中に抑え込んでいた不安が堰を切ってあふれ出た。

「助けに来てくれるって。助けてくれるって！」

千尋は願望を叫んだ。

ドアから音がした。千尋は涙を止めた。谷岡の嗚咽《おえつ》も止む。二人はドアに目を向けた。

錠が開けられ、ドアが開く。

見知らぬ短髪の男が入ってきた。高坂も後ろにいる。

「仲間を連れてきてやったぞ」

短髪の男が言った。

後ろから男たちが入ってきた。ぐったりとした若者を抱えている。男たちは息も絶え絶えの若者二人を谷岡たちの前に放った。

「尚ちゃん！　洋介！」

谷岡が叫んだ。

血にまみれた二人の姿に、千尋の眦《まなじり》が凍りつく。

短髪の男が谷岡を見据えた。

「おまえが谷岡だな。こいつらに言って聞かせろ。逆らえば、ここで死ぬだけだとな」

短く言い放ち、高坂たちと共に部屋を出る。

ドアが閉じられる。

絶望が、谷岡と千尋の心を支配した。

5

永福町駅から複数の犯人を追っていた捜査員の一班が、逃走した犯人の一人を捕まえ、三笠邸に戻ってきた。

野村は屋敷の八畳間の和室を借り、臨時の取調室を設置した。

捜査員の一人に犯人を連れてこさせた。猫脚机を挟んで向かいに犯人を座らせる。右の角には東原もいた。

「ありがとう。ここはいいから、捜査に戻ってくれ」

野村が捜査員に声をかける。

「承知しました」

捜査員は一礼し、部屋を出た。

部屋は野村と東原、犯人の三人だけになった。

改めて、犯人に目を向ける。よれたワイシャツを着て、煤《すす》けたジーンズを穿《は》いた青年だった。髪もぼさぼさで無精髭《ぶしょうひげ》も濃く、頬はこけている。ひいき目に見ても恵まれているとは言い難い雰囲気をまとっていた。

「名前は？」

野村が訊く。

「森田《もりた》……です」

男はうつむいたまま、ぼそりと答えた。

「下の名は？」

「佑介《ゆうすけ》……。森田佑介です」

「歳は？」

「三十一です」

「金はいくら奪った？」

「一円も取っていません」

「本当か？」

「本当です！」

森田が顔を上げた。双眸に涙が溜まっている。

「他の誰かが紙袋を奪ったのを見て追いかけたんですが、結局追いつけず。あきらめた時、刑事さんが追いかけてきていることに気づいて逃げただけです」

「あの金がどういう金か、知っていたのか？」

野村が見据える。

「知りません」

「知らないわけないだろうが！」

野村は机を手のひらで叩いた。

森田はびくっと双肩を弾ませた。

「本当です！　何も知らないんです！」

「とぼけるつもりか！」

「本当です。本当なんです！」

森田は涙を流し、必死に野村を見つめた。

東原が割って入った。

「本当に知らなかったのか？」

優しい口調で語りかける。

「本当です」

すがるような目を東原に向ける。

「ではなぜ、あの紙袋に金が入っていると知っていたんだ？」

「裏サイトの掲示板で知ったんです」

「裏サイト？　SNSかチャットみたいなものか？」

「いえ、もっと古い掲示板形式のものです。昔からあるサイトで、一見、フェイクの闇情報をネタにして楽しんでいる〝闇サイト〟ふうなんですが、隠されている裏口があって、そこから入ると本物の裏情報にたどり着くようになっているんです」

森田はぺらぺらとしゃべった。

罪を免《まぬが》れたくて必死な様が手に取るようにわかる。

「そこには、なんと書いてあったんだ?」

野村が静かに訊いた。

森田は野村に顔を向けた。

「今日の午前十一時二十八分、明大前駅発の吉祥寺行き2号車1番ドア付近の連結器近くの網棚に、紙袋に入った金が三千万円ある。警察は当然ガードしているが、見事、警察の追跡を振り切って手にした者には、その金をすべて与える、と」

「そんな書き込みを信じたのか?」

東原が呆れる。

「半信半疑でした。けど、そこの裏情報は本物が多いという噂《うわさ》があって、僕も生活が苦しかったんで、もし本当なら助かると思って行ってみたんです。そうしたら、本当に紙袋があって、周りには刑事みたいな人たちもいるので、間違いないと思って」

「刑事だと、なぜわかった?」

「本当かどうかはわかりませんでしたけど、イヤホンをしている人がいつもより多かったんで、その中の誰かは刑事かもしれないと思っただけです。ほら、そういうシーンがテレビドラマなんかでもあるでしょ」

森田が緊張を解いて笑みを見せる。

野村と東原は顔を見合わせ、苦笑した。

野村は立ち上がって戸を開け、捜査員を呼んだ。若い捜査員が小走りで来る。

「彼を署に連れて行って、詳しい話を聞いてくれ」

森田を見る。

森田は蒼ざめた。

「やっぱり、逮捕されるんですか……？」

「内容次第だ。取り調べには正直に話せ。隠し事をすれば、その時点でなんらかの罪が成立するかもしれない。すべてをありのまま話せ。いいな」

野村が言う。

「わかりました。話します。話します」

森田は何度も頭を下げた。

野村が捜査員を見て頷く。捜査員は頷き返し、森田の腰のベルト通しを握って部屋を出た。

戸が閉まる。野村は座り直し、大きく息をついた。

「セイさん、どう思う？」

「嘘をついているようには見えなかったな。永福町駅で多数の犯人が現われたことからみても、不特定多数に向けて情報をばらまいたと考えた方が合点はいく」

「やはり、中央高架下公園に現われた真犯人と思われる若者たちが陽動作戦を取ったとみたほうがいいか」

「それもまた合点がいく話だな。実際、こっちは引っ搔《か》き回された」

東原が渋い表情を覗かせる。

「高架下から逃げた連中を追わなければ、娘にはたどり着かないということか」

「そうだな。しかし、手掛かりはある」

東原が野村を見た。

「高架下に現われた犯人らの誰かが、裏サイトの掲示板に投稿したことは間違いない。IPアドレスをたどれば、彼らの一端は見えてくるだろう」

「いけるか？」

野村が訊いた。

「端末まで行きつくかはわからんが、近いところまでは可能だと思う」

「時間がない。急ぎで頼む」

野村が言う。

東原は立ち上がり、足早に部屋を出た。

野村は腕組みをし、宙を睨んだ。

6

朦朧《もうろう》としていた上田と松川は身を起こし、壁にもたれかかっていた。二人とも顔は腫れていて、口元は血と胃液で汚れている。

谷岡や千尋と同じく、後ろ手に拘束されているせいで血を拭《ぬぐ》えず、固まっていた。

谷岡たちのところに松川や上田が連れてこられてから、どのくらいの時間が経ったのかはわからない。

同じ照度の明かりが延々と灯っているだけだ。連れてこられた時から疲弊していることもあり、体の疲れ方や眠気でも時間を計れなかった。

谷岡は、千尋に話したことを松川と上田にも話した。

上田は怒りを顔に滲ませたが、怒鳴ることはなかった。松川はじっと話を聞いていただけで、目も合わせず何も言わない。

谷岡が話をし終えた後、四人は距離を取り、それぞれ押し黙っていた。

ドアが開いた。誰もが顔を起こすだけだった。

高坂と矢萩が入ってきた。

「おいおい、もうくたばる寸前か?」

高坂が失笑する。

「ほら、食え」

高坂が肩越しに後ろを見る。

矢萩が手に持っていたトレーを床に投げた。トレーの金属音が部屋に響き、載っていた菓子パンが床に転がった。

「そのままくたばるつもりなら食うな」

高坂は言い、部屋を出た。矢萩も続き、ドアが閉まる。

最初に動いたのは、上田だった。ゆっくりと横に倒れ、うつぶせ、芋虫のように床を這った。転がったパンの一つの前に顔を寄せ、口を開いてかぶりつく。

「よく食べられるね」

千尋が言う。

「食わなきゃ死んじまう。こんなところで死んでたまるか」

上田は埃《ほこり》にまみれたパンをかじった。

「その通りだな」

松川も同じように這い、パンをくわえた。

「千尋ちゃんも、晋ちゃんも食べなよ」

松川が声をかける。

「私はいらない。こんなもの食べたくない」

千尋が言う。

「食べた方がいいよ。次、いつ彼らが食事を運んでくれるかわからない。体力が尽きたら、それこそおしまいだ」

「それならそれでいい」

千尋が顔を横に向ける。

「晋ちゃんは？」

松川が訊く。が、谷岡は壁にもたれ、うなだれたままだった。

「尚人、ほっとけ。生きる気のないヤツは野垂れ死ねばいいんだ」

「何よ、その言い方！」

千尋が睨む。

「どんな言い方をしようが同じことだ。生きる気のないヤツは野垂れ死ぬ。そうじゃねえのか？」

上田が顔を傾けた。血を被った右目を剝き、千尋を見上げる。

千尋は凄まじい精気に息を吞んだ。

松川が半分ほど食べたところで顔を起こした。

「千尋ちゃん。結果的に、こんな状況に巻きこんでしまって心底申し訳ないと思う。けど、今はいくら千尋ちゃんに謝ったところで状況は変わらない。君だけは生きてここから出すこと。それが僕たちにできる唯一の贖罪《しょくざい》だ。だから、お願いする。食べてほしい。僕たちにせめてもの罪滅ぼしをさせてほしい。お願いします」

松川は額《ひたい》を床に擦りつけた。

「尚ちゃん、ちょっと……」

千尋が困惑する。

するとと、谷岡が動いた。松川たちのように床を這い、菓子パンにかぶりつく。

「晋ちゃん……」

千尋は戸惑いを浮かべた。

谷岡は何も言わず、床を睨んで黙々と食べ続けた。

「千尋ちゃん、頼む」

松川がもう一度、額を床に擦りつける。

千尋はしばし松川を見つめていたが、やがて自分も床に伏せ、埃を被ったパンに口をつけた。

7

ＡＺソリューションの社長室には、西崎と郷原がいた。ソファーに腰かけ、向き合っている。

「谷岡たちはどうだ？」

西崎が訊く。

「さっき連絡があって、四人とも与えた菓子パンを口にしたそうだ」

「ほお、なかなか骨のある連中だ。松川が主導しているのかもしれんな。あいつは頭がいい」

西崎が片笑みを覗かせる。

「買ってるな」

「今回の身代金奪取の作戦は、詰めが甘かったとはいえ、陽動としては悪くない計画だ。谷岡だけならこうはいかなかったどころか、娘の誘拐もできなかったかもしれない。松川と上田を巻きこんで正解だったな」

「しかし、それだけ知恵の回るヤツなら、逃げ出すかもしれんぞ」

「今すぐは困るが、事が進んだ後であれば、別に逃げ出されても問題ない」

「俺らのことをサツにチクるぞ」

「俺は逃げる気はない」

西崎は郷原を見つめた。

郷原は見返し、ふっと笑みを浮かべる。

「やはり、そのつもりか」

「心配するな。おまえらにはいろんなものを遺してやる」

「俺はおまえと行動を共にするよ」

「無理することはないんだぞ」

「無理やりなら、とっくに去ってる」

郷原は微笑み、壁に目を向けた。

古びた一枚の写真が額《がく》に飾られている。倉庫のような小汚く狭い事務所で七人の若い男女が肩を組んで並んでいる写真だ。

写真は、ＡＺソリューションの前身、フレンドシップを起《た》ち上げた時に撮ったものだ。

真ん中には創立者の西崎賢司が、その両脇には西崎徹也と郷原が、向かって右端には有島澪の若き日の姿もある。

郷原は視線を西崎に戻した。

「で、これからどうするつもりだ？」

「今は静観だな。警察の動きは？」

「今は、松川たちが計画した永福町駅での陽動作戦の逃走犯の検挙に追われているようだ。いずれこちらにも手が回ってくるだろうが、二、三日は大丈夫だろうな」

「車から足がつくんじゃないか？」

「心配ない。連中を運ぶ前にナンバーを変えて、フロントグリルとリアのデザインも変えた。同一車両と特定するには時間がかかるだろう。まあ、その頃には肝心の車もなくなっているがな」

郷原はほくそ笑んだ。

「警察の電波傍受状況はわかったか？」

「それも調べさせた。屋敷の固定電話、三笠の携帯、有島の携帯回線もチェックされている。メッセンジャーやＬＩＮＥもチェックされているとみたほうがいいな」

「会社の方は？」

「社長室への回線は押さえているようだ。サーバーにも手を加えた形跡がある」

「三笠に繋がるすべての通信を監視しているというわけか」

「アナログでいくか？」

郷原が言う。

「誰を使うんだ？」

西崎が訊いた。

「こんなこともあろうかと仕込んでおいた」

郷原はにやりとした。

「手回しがいいな。しかし、〝誰か〟というのは信用ならんな。俺の知っている者か？」

「いや、おまえは会ったことないと思う」

「そうか……」

西崎は腕組みをし、ソファーの背にもたれた。少しの間、宙を見つめる。

「三笠の状況は？」

西崎が口を開く。

「家に軟禁されているようだ。有島も同じくだ」

「今後は、三笠や周辺の人物は警察に監視されるな……」

西崎は再び宙を睨み、腕に力を込めた。少しして、やおら腕を解く。

「せっかく仕込んでもらったんだが、そいつを使うのはやめよう」

「俺はかまわんが。どうするつもりだ？」

「正攻法で行く」

「直接、三笠に吹っかけるのか?」

郷原は目を丸くした。

西崎が頷く。

「そうだ。その方が騒ぎも大きくなっておもしろくなる」

「その前に、俺らがパクられるかもしれんぞ」

「そうなりゃ、俺たちの負け。それでいいじゃないか」

「まったく、おまえってヤツは——」

郷原は目元を緩めた。

「わかった。ドンとぶち当たってやろう」

左手のひらに右拳を打ちつける。

「とりあえず、三笠や周りの者の通信傍受状況、三笠邸と会社の監視状況、それと今回の誘拐事件の報道状況をつぶさにウォッチしておいてくれ。こっちが動く時期は俺が決める。それまで、娘や松川たちの監視を怠るな。他の者は指示があるまで通常の業務を」

「伝達しよう」

郷原はスマートフォンを出し、独自にプログラミングした仲間内の連絡用チャットに西崎の言を打ち込み始めた。

いよいよ始まるぞ、兄貴——。

西崎は壁にかけた写真を見た。

8

身代金受け渡しの日から二日が経った。

野村率いる捜査本部は、京王井の頭線永福町駅から金を奪って逃走した者たちの大半を検挙した。金もほとんど回収したが、持ち出された三千万のうち、まだ二百万円弱は見つかっていない。捜査員たちは引き続き、逃走を続けている犯人たちの捜索に当たっている。

一方、野村たちは、検挙した者たちから事情を聴いた。最初に取り調べをした森田と同じく、ほぼ全員が裏サイトの掲示板に書き込まれた情報を信じ、犯行現場に来ていた。それ以外の者も、掲示板を見た者から話を聞き、犯行に及んでいた。

永福町駅に現われた者たちは、裏サイトの掲示板の情報で集まった繋がりのない不特定多数の者たちだという結論に至った。

かたや、中央高架下公園から逃走した若者たちの捜査は難航していた。

東京駅まで、彼らに似た若者と彼らの手助けをしたホームレスらしき男の姿が確認されていた。彼らが八重洲地下の駐車場に入ったとの情報から、逃走に使用したと思われる黒いミニバンも防犯カメラ映像と目撃情報から特定し、行方《ゆくえ》を追った。

当該車両は首都高を台場ＩＣで降り、テレコムセンター方面へ向かったことだけはわかった。

が、青海の倉庫街あたりで行方をくらませ、その後の足取りはわかっていない。

また、捜査本部にとって、困った状況も発生していた。

永福町駅周辺での騒動が動画や写真に撮られ、ＳＮＳで拡散されていた。

誘拐事案については箝口令《かんこうれい》を敷いている。そのせいで、ＳＮＳでは集団強盗事件ではないか、テロ事件が起こったのではないかといった憶測が飛び交っている。

マスコミも動き出し、情報を嗅ぎ回っている。まだ誘拐事件だという報道はないが、騒ぎを報じるメディアも出てきていた。

上層部からは対処を求められている。

野村は逡巡《しゆんじゆん》していた。

誘拐事案はデリケートだ。わずかでも扱いを間違えば、それは即、誘拐された被害者の死に直結する。

とはいえ、無用に騒ぎ立てられる状況を放置しておくこともまた、リスクを増大させることになる。

野村は、取り調べ用に使っていた三笠邸の和室に二人で詰めていた。

「ノムさん、そろそろ情報拡散の状況をなんとかしないとまずいな。どうする？」

「うむ……」

野村は腕を組み、唸った。

「報道規制に踏み切るか？」

東原が訊く。

野村は答えず、右の人差し指で左の二の腕を叩いた。

逃走した真犯人らしき者たちが、この状況をどうみているのかがわからない。

裏サイトに情報を流すような連中だ。騒ぎが起これば、ＳＮＳなどでの情報拡散が起こり得ることは織り込んでいるだろう。

彼らにとっては、こうした情報拡散も捜査の攪乱《かくらん》になり、好都合でもある。

しかしそれは、彼らが金銭の奪取に成功していれば、の話だ。

彼らは最も大事な金銭を手にできなかった。これ以上騒ぎが大きくなれば、再度、金銭を要求することも不可能となる。

このまま逃走するつもりなら現状も容認できるだろうが、まだ身代金を奪うつもりであれば、今の状況にはかなり苛立っているに違いない。一方で、金を狙う限り、千尋は殺さない。

公開捜査に踏み切るか。だが、踏み切った途端、犯人たちに雲隠れされれば、いよいよ千尋の命は危うくなる。

「セイさん。裏サイトのＩＰ情報からの特定はどうなっている？」

「サイバー班が徹夜でがんばってくれているが、やはり、複数のプロキシサーバーを経由していているようで、特定は難航しているみたいだ。あと数日はかかりそうだな」

「そうか……。もう少し待つか」

「現況放置か?」

「そうなるが仕方ない。報道規制を敷いても、マスコミは勝手に動く。真犯人らしき公園の若者たちへの手掛かりがない実情で記者に勝手に動き回られては困る」

「しかし、情報の拡散は止まらんぞ」

「今はそれでいい。むしろ、情報が錯綜していると犯人側が知れば、我々の手がまだ自分たちに及ばないと判断して、再度、身代金奪取を試みるかもしれん。であれば、人質は生かす可能性も高くなる。ともかく、IPからの特定を急がせてくれ。手を打つのはそれからだ」

「わかった」

東原が頷く。

野村は組んだ腕に力を込めた。

9

ドアが開いた。高坂と矢萩がいつものように食事を届けに来た。

松川たち男性陣は壁にもたれていた。千尋は脚で引っ張り出したマットに横たわっている。

「ほら、メシだ」

高坂が言う。

矢萩がトレーを放ろうとした。

「待ってください」

松川が声をかけた。矢萩の手が止まる。

「僕たち、逆らわないので、手足の拘束を解いてくれませんか？」

「たった二日で音《ね》を上げたのか？」

矢萩が嘲笑する。

上田が顔を起こし、矢萩を睨みつける。

「あっちの友達は、まだ元気がよさそうだが？」

高坂が上田を見据えた。

「彼は多少血の気が多いだけです。逆らう気力なんてありませんよ」

松川は力なく微笑んだ。

「それはどうかな？　この状況でも出されたパンはすべて食べている。俺なら、この状況で食欲など湧かない。それだけ、おまえらは生きる意志を持っているということだ。そういう相手は手ごわい」

高坂は松川を見つめた。松川も見返す。弱々しさを演じようとするが、つい双眸に力がこもる。

高坂はふっと笑みをこぼした。

「まあ、いいだろう。バンドを切ってやれ」

高坂が言う。

矢萩はトレーを床に置き、ズボンの後ろポケットからバタフライナイフを取り出した。片手で振り出し、千尋の下に歩み寄る。

まずは千尋の手足の拘束を解いた。続いて、谷岡の手足の拘束を解き、松川の手足の拘束も切る。

最後に矢萩が上田の脇に屈んだ。

「あー、一つだけ言っておく」

高坂が声を上げ、上田を見やる。

「拘束は解いてやるが、その瞬間、暴れる気ならやめておくことだ。まあ、賢明な諸君はこの意味がわかると思うが」

高坂は言うと、指笛を鳴らした。

ドアの向こうに人影が現われた。青井の姿だけでなく、複数の男が入口を壁のように塞ぐ。手にはそれぞれがナイフを握っていた。

「ドアの鍵も開けておいてやる。トイレまでの移動は自由にしろ。だが、この部屋とトイレまでの廊下から一歩でも外れれば、そこで人生を終えることになる。娑婆《しゃば》の地面を踏みたけりゃ、その一歩は我慢することだ」

高坂は矢萩を見て頷いた。

矢萩が上田の結束バンドも切る。四人の手足は自由になった。

高坂と矢萩が出ていく。これまで聞こえていた施錠の音はなかった。

四人は床に座って、それぞれ、固まった関節や手足の首をほぐした。

松川はトレーを取った。千尋に差し出す。

「ありがとう」

千尋はパンを手に取った。

「晋ちゃん」

谷岡に差し出す。

谷岡は何も言わずパンを取り、壁の端で膝を立てて座り、口に入れた。

「洋介」

松川はパンを取って投げた。

上田は右手でつかみ、かじりついた。松川もパンを取り、さっそく食す。

「簡単に結束バンドを外したな」

上田が言う。

「それだけ、守りは鉄壁ということだ」

松川が答えた。

「厄介だな」

「ああ」

「どうするつもり?」

千尋が訊く。

「とりあえず今は、このままおとなしくしていよう。外の状況も彼らの人数もわからないし、みんなの体力も戻っていない。拙速に動いて、また拘束されたら、脱出する機会を失う。今はともかく、彼らが出す食事を摂って、よく寝て、体調を戻すことに専念しよう」

「そんな悠長なことを言っていていいの?」

「急がば回れ。急いては事を仕損じる。いろんな言葉がある。こういう時こそ、慌てちゃいけない」

「尚ちゃんはさ。どうしていつもそんなに落ち着いていられるの?」

「落ち着いてなんかいないよ」

松川は苦笑した。

「今すぐにでも叫び出したいくらいさ」

「そんなふうには見えないけど」

「尚人は、あまり感情を表に出さなくなったんだ、中学くらいからな」

上田が割り入ってきた。

「なぜ？」

千尋が上田を見る。

「中学の時、尚人の親父さんが死んでな」

「洋介」

松川が止める。

「いいじゃねえか。時間はたっぷりあるんだ。話でもしてなきゃ、退屈で仕方ねえ」

上田は言い、千尋に向き直った。

「最初はみんな同情的だったんだけど、旗色が変わったのはおふくろさんがスナックで働き始めてからだったよな。おふくろさんは、尚人たちのために一所懸命働いていただけなのに、田舎じゃ、片親や夜の街で働く人たちは忌み嫌われる。そのうち、根も葉もない噂で尚人たちまで敬遠されるようになって。うちの親なんか、松川の家とは付き合うなとか言いやがった。殴ってやったけどな。親父も止めに入った兄貴も」

上田が笑う。

千尋も小さく苦笑した。

「そんな状態が一年以上続いた頃から、尚人は気がついたら笑わなくなってたよ。なんでか、訊いたことがあったよな？」

上田が松川を見る。

松川は目を伏せ、パンをかじった。

「尚人、なんて言ったと思う？」

上田が千尋を見やる。

千尋は首を傾げた。

「笑っていれば、片親のくせにと言われる。怒れば、やっぱり夜の街で働いている親の子はと言われる。感情を見せないのが一番平和に過ごせるから、だったな」

上田は松川に目を向けた。

「そんなことがあったんだ……」

千尋が哀れむような目を松川に向ける。

「もう昔の話だよ」

松川は笑みを作った。

「それにね。そんな立派なもんじゃなくてさ。ただ怒るのが嫌だったところもあるんだよ。争うのは嫌いだし、大人になれば自然と気にならなくなるだろうと思っていたところもあるし。消極的な選択の結果でもある。時々、洋介がうらやましかった」

「俺をか？」

「洋介は気に入らないことがあると、誰であろうと向かっていったもんな。僕にはそんな勇気はなかった」

「それ、無鉄砲っていうんじゃないの？　あるいは、バカ」

千尋が笑う。

「バカはねえだろう、バカは」

上田はふくれっ面でパンを食べた。

松川も微笑む。一瞬だが、空気が和《なご》んだ。

「ともかく、今は状況を把握しつつ、体力を回復させることに専念──」

松川が話していると、谷岡が突然立ち上がった。

三人が谷岡に視線を向ける。

谷岡は何も言わずドアを開けた。

「どこ行くんだよ、晋」

上田が声をかける。

が、返事もせず、外へ出た。

千尋が立ち上がり、谷岡を追おうとする。

「ほっとけ。トイレにでも行ったんだろ」

上田が言う。

千尋は松川を見た。松川は小さく頷いた。千尋はマットに戻った。

松川は静かにドアを見つめた。

谷岡はトイレには向かわず、反対側への廊下を進んだ。男たちが出てくる。

「どこに行くんだ？」

一人の男が前に立ちふさがった。

「高坂さんに会いたい。話がある」

「おまえ、監禁されてんだぞ。わかってんのか？」

男が言う。他の男が笑い声を立てる。

「高坂に会わせろと言ってるんだ！　僕は、フリーマンＺだ！」

声を張り、男を睨み上げた。

「だから、どうした？」

男が谷岡の胸ぐらをつかんだ。

谷岡は男の腹に右拳を叩き入れた。不意をつかれた男は手を放し、腹を押さえてよろけた。

「何すんだ、てめえ……」

腰を折りつつ、谷岡を睨む。

「話がしたいだけだ。僕はそっち側の人間だったんだ。話ぐらいいいだろう」

「何、騒いでんだ？」

高坂が矢萩と青井を従え、姿を現わした。

「何やってんだ、谷岡」

「僕以外の三人を解放してくれ」

谷岡は高坂を睨み、言った。

「何を言い出すかと思ったら」

高坂は失笑した。矢萩や青井、他の男たちも笑いだす。

「笑うな！」

谷岡は怒鳴った。

それでも高坂たちは笑うのをやめない。

「本気で言ってんのか？」

矢萩が訊く。

「本気も本気だ！　尚ちゃんも洋介も千尋ちゃんも、金の受け渡しが失敗した時点で、もうこの計画には関係なくなった人たちだ。今すぐ、自由にしろ！」

高坂や矢萩を睨みつける。

「おまえ、自分の立場をわかってて、言ってんのか？」

高坂が呆れ顔で見返す。

「もちろんだ。わかっているから、頼んでるんだ！」

「そうか。しかし、こっちも、はいそうですか、というわけにはいかないんだよ。おまえらを逃がすにも、それなりの理由がいる」

「わかってる。僕はどんな目に遭《あ》ってもかまわない。だから、三人は解放してほしい」

「覚悟はあるというわけか」

高坂が言う。

谷岡はまっすぐ高坂の眼を見て、頷いた。

「わかった。おまえの心意気は受け止めた」

「じゃあ――」

谷岡が瞳を輝かせる。

「おっと、早まるな。さっきも言ったように、逃がすにはそれなりの理由がいる。ということで、これから出す条件をクリアすれば、おまえの言い分は呑んでやろう」

「何をすればいいんだ？」

「俺と矢萩と青井、三人を相手にして、誰か一人を倒せば、お望み通り、おまえ以外の三人を逃がしてやろう」

高坂が言う。

谷岡は蒼ざめた。激しく動揺し、黒目が泳ぐ。

谷岡は顔を伏せた。三人の強さは、聖蹟桜ヶ丘の家で思い知らされている。谷岡は彼らにまったく歯が立たなかった。

まともに対峙すれば、万に一つも勝ち目はない。

拳を握った。腕も膝もガクガクと震える。堅く目を閉じる。今にも涙が出そうなくらい、恐怖が込み上げる。

「どうした？　やる前から白旗か？」

高坂が挑発する。

「まあ、おまえじゃ無理か。あの上田ってヤツなら、迷う前に殴りかかってきそうだけどな」

高坂がなおもけしかける。矢萩たちが笑い声を立てた。

谷岡は奥歯を嚙みしめた。

笑い声が頭の中で反響する。臆病な今の自分だけでなく、小さい頃からの自分の人生すべてを笑われている気がする。

「笑うな……」

ぼそりと口にする。

高坂たちには届かない。

谷岡は両掌に爪が食い込むほど固く、拳を握った。

「笑うなー！」

怒鳴った。

高坂たちの笑い声が止んだ。

谷岡は顔を上げた。高坂を目一杯睨む。拳を握り締め、震えを抑えようとする。

「やるんだな？」

高坂が訊いた。

「やる！」

「わかった。おい」

周りの男に目を向ける。

「下のロビーだった広間に松川たちを連れてこい。後ろ手に結束バンドをしてな。逆らったら谷岡を捕らえていると言って従わせろ」

命令する。

男三人が返事をし、部屋へ向かった。

「来い」

高坂が谷岡に言う。谷岡の背後に矢萩と青井が立つ。

谷岡は三人に囲まれ、階下へ降りて行った。


「どこへ行くんだ？」

上田が訊く。

「黙って歩け」

男が上田の背をつついた。

松川と千尋も同じように薄暗い廊下を歩かされる。再び、手枷《てかせ》をされるのは大きな後退だったが、谷岡が捕らえられていると聞かされ、みな黙って従った。

確かに、トイレにしては長すぎる。松川は内心案じていたが、状況は悪い方に動いたようだ。

歩きながら、松川は上田と横目で見合った。

状況が良いとは思えないが、廊下の先へ連れていかれるのは、脱出するのに格好の機会でもある。

谷岡の状況がわからないこと、手枷をされていることを考慮し、無理はできないことはわかっているが、隙があれば全員で逃走したい。

逃げられなかったとしても、部屋から出されたことで、少なくとも、自分たちの置かれた状況だけは確認できる。

今は、できることをその都度判断し、動くしかない。その意思をアイコンタクトで上田に送った。

上田は松川の意図を感じ取っていた。黒目を少しだけ動かし、頷いて見せる。そして、前を向いた。

松川たちは、コンクリート剝き出しの階段を下りていった。階段には以前、カーペットが敷かれていたようだがほとんどがボロボロに剝がれ、埃を被って白くなっていた。階段を下りると、広々としたスペースが現われた。玄関が見え、その向かいにカウンターがある。

エントランスの天井は高く、シャンデリアが飾られている。そのシャンデリアは明かりを灯すことなく、装飾が壊れ、鎖もちぎれて傾いている。椅子やテーブルもあったようだが、壁の端に転がり、壊れているものも多かった。

玄関の並びは、一面ガラス壁となっている。ところどころ割れ、無残な姿となっているが、その先には庭のようなものもあり、整っていた頃は美しい空間だったのだろうと容易に想像できた。

しかし、今はその面影も朽ち、フロアにはコンクリートの瓦礫《がれき》やガラス片、椅子やテーブルなどの破片がそこかしこに散らばり、かつての盛況は見る影もなかった。

松川は、自分たちが運ばれた場所がいわゆる、廃旅館、廃ホテルという建物だろうとみた。

ガラス壁や玄関の先には木々が生い茂っている。涼しげな空気も漂ってくるあたり、建物は山の中腹にあるものだろう。

ガラス窓の外は茜《あかね》色に染まっていた。陽の色から見て夕方だと思われる。

もし、今逃げ出したとしても、途中で夜になる。知らない山の中で夜を迎えるのは危険だ。が、このまま手枷をされて、この場に残っているのも危険性は変わらない。

いざという時は――。

松川は歩きながら、自分の覚悟を固めていった。

エントランスはスタンド付きのスポットライトで照らされていた。高坂たちが持ち込んだもののようだ。

光が集まる中央には、谷岡の姿があった。

「晋ちゃん！」

松川が声を張った。

中央にいる谷岡の口からは血が出ていた。顔も腫れ、目尻も切れている。

「おまえら……」

上田が上半身を揺さぶった。背後にいた男がポケットからバタフライナイフを取り出し、刃を振り出した。切っ先を喉元に当てる。

「てめえから死ぬか？」

男が耳元で言う。

上田は動きを止めた。

「おとなしくしてりゃ、殺しゃしねえ」

男は言い、刃を戻して、バタフライナイフを右ポケットにしまった。

松川たちは谷岡から十数メートル離れた場所に座らされた。高坂が松川たちに近づいてくる。

「やあ、また手を縛ることになって申し訳ないね」

「おまえ、晋に何をした！」

上田が睨み、立ち上がろうとする。背後にいた男が上田の背中を殴った。

息を詰め、膝を落とす。

「谷岡が俺たちに向かってきたんで、応戦したまでだ」

「晋ちゃんをどうするつもりだ！」

松川が高坂を睨み上げる。

「おまえたちが見ている前で、俺たちと戦ってもらう」

「なんだと！」

上田が再び立ち上がろうとする。男は頭をつかみ、上田を押さえつけた。

「待て待て。これは俺が言いだしたことじゃない。谷岡が言いだしたんだ」

「嘘だ！」

松川が怒鳴る。

「谷岡が俺と矢萩、青井の三人と戦って、誰か一人でも倒せば、おまえら三人を解放する。そういう条件で戦うことになった。友達想いじゃないか、谷岡は」

高坂が片笑みを浮かべる。

「そんな……晋ちゃん、やめて！」

千尋が声を上げた。

谷岡の頬がぴくりと動く。が、谷岡は千尋たちの方を見ようともしない。対峙する矢萩と青井を見据えていた。

「晋、やめろ！」

「晋ちゃん、やめるんだ！」

松川と上田も声を張る。千尋も含めた三人の声がエントランスに響く。

谷岡は両手を強く握った。

「戦うんだ！」

谷岡が咆哮した。松川たちが聞いたこともない大声だった。

「僕が尚ちゃんや洋介を引き入れた。僕が千尋ちゃんを危ない状況に巻き込んだ。全部、僕のせいなんだ。僕が決着を付けなきゃならない」

谷岡が唸るように声を絞り出す。

「晋ちゃん、いいから！　私のことはいいから！」

千尋は涙声で叫んだ。

谷岡はやおら振り返った。千尋に顔を向ける。

「僕はいつも、尚ちゃんや洋介に助けてもらってた。でも、僕が尚ちゃんや洋介を助けたことはない。いつもいつも迷惑かけっぱなしだった。その上、千尋ちゃんまで巻き込んでしまった。もしまたここで、僕が何もしなかったら、もう僕は僕でいられなくなる。僕の存在価値はなくなってしまうんだ」

谷岡の眼から涙があふれていた。

「千尋ちゃんも尚ちゃんも洋介も、僕が助ける。僕はもう……逃げない」

谷岡は無理やり笑顔を浮かべ、再び、矢萩たちに顔を戻した。

「そういうわけだ。黙ってみてろ」

高坂は言い、谷岡の背後に近づいた。矢萩と青井が左右に広がる。

高坂たち三人は、谷岡を囲んだ。

高坂は谷岡に声をかけた。

「始めようか」

軽く拳を握る。

谷岡は顔を伏せ、両眼を固くつむった。拳を握り締める。

「晋ちゃん！」

千尋が泣き叫んだ。

谷岡は顔を上げた。血走った眼で高坂を睨みつける。

そして、腹の底から声を張り上げて拳を握り、向かっていった。

10

谷岡は右拳を振り上げ、矢萩に殴りかかった。

矢萩は両腕を軽く上げて構えた。

谷岡が矢萩の前で足を止め、固く握った拳を突き出す。

矢萩は左前腕で谷岡の右腕の内側を弾いた。谷岡の体が開く。

「オレなら殺《や》れると思ったのか？　ナメられたもんだな」

右ストレートを放った。

拳が谷岡の鼻頭を抉《えぐ》った。後方へ倒れ転がる。

谷岡は相貌を歪めた。フロアは瓦礫だらけだった。転がった拍子に、その瓦礫が背中や臀部《でんぶ》を切り裂いた。

「倒れるのも一苦労だな、おい」

矢萩が笑う。

鼻腔から血があふれる。口の中に血の味が広がる。谷岡は立ち上がって、矢萩を睨んだ。

矢萩は構えを解いて、腕を組んだ。

「こらこら。おまえの相手は一人じゃないんだぜ」

笑う。

背後で音がした。

「晋ちゃん、後ろ！」

松川が叫んだ。

振り向きかける。その首筋に強烈な回し蹴りが食い込んだ。

今度は真横に弾き飛ばされる。床に落ちた際、脇腹に瓦礫が刺さった。

谷岡は脇腹を押さえ、尻もちをついたまま、瓦礫の中を後退《あとずさ》りした。

青井が左爪先を立て、構えていた。食らったのは青井の蹴りだった。

骨が軋《きし》んでいた。打たれたところや切ったところが疼《うず》く。血の流れ出ている箇所がやけに熱い。

たったの二発で、谷岡は絶望を思い知らされた。

万に一つ、可能性があればと思い、自らを奮い立たせ、挑んだ。松川や上田や千尋の前で少しでも自分の本気を見せられ、彼らが逃げるきっかけを作れれば本望だとも思っていた。

しかし、格が違いすぎる。

小説やドラマなら、ここで劇的な逆転勝利を収め、命からがら脱出するという展開になるのだろう。

多少、そうしたラッキーを期待した。

が、現実は無情だった。

いくら腕を振り回しても当たる気がしない。突っ込んでいっても、彼らの体にすら触れられない気がする。

何をすれば……。

谷岡はわずかに残った気力を振り絞り、立ち上がろうとフロアに手を突いた。

手のひらに瓦礫が刺さる。うなだれた谷岡の両眼が開いた。

尖った瓦礫を握り締める。

矢萩がふらふらと近づいてきた。

「もう終わりかよ」

笑いながら、左脚を振る。谷岡の右腕に足の甲が当たり、横倒しになる。瓦礫が肋骨を抉る。

谷岡は顔をしかめた。それでも、左手をついて体を起こした。

「おお、少しは根性あるな」

矢萩はへらへら笑い、爪先で谷岡の腹を軽く蹴った。

谷岡は呻《うめ》いて、腰を折る。

「早く立てよ。おまえはヒーロー、フリーマンZなんだろ？」

嘲笑しつつ、何度も何度も爪先を蹴り込む。

「矢萩、あまり遊ぶな」

青井が構えたまま言った。

「こんなの、遊びにもならねえ」

矢萩は思いきり、鳩尾《みぞおち》に爪先を蹴り込んだ。

谷岡が目を剝いた。腹を押さえ、前のめりに上体を倒す。

「やめろ、こら！　ひょろいの！　殺すぞ！」

上田が喚《わめ》いた。

「あ？」

ポケットに手を突っ込み、振り向いた。片眉を上げ、上田を見据える。

「誰を殺すだと？」

「てめえだ、のっぽ」

上田は矢萩を睨み返した。

「やめて、洋介！」

千尋が泣き叫ぶ。が、上田は矢萩を睨んだまま、視線を外さない。

「ワンパンで殺してやるよ」

上田は煽《あお》った。

矢萩が気色ばんだ。

「おい、そいつの結束バンドを外せ」

「矢萩。挑発に乗るな」

高坂が睨みつける。

「黙ってろ。そっちのガキどもを拘束してるんだ。こいつが挑発してくんなら、みんな殺しちまえばいい」

「それでも、てめえだけは殺ってやるよ」

上田は笑みを滲ませた。

矢萩が真顔になった。

「外せ！」

上田の後ろにいた仲間の若い男を睨む。

若い男は戸惑い、高坂や青井に目を向けた。高坂はため息をついて、顔を横に振った。

「相変わらず、火が点《つ》いたら止まらねえか。おまえの悪いところだ。外してやれ」

高坂は若い男を見た。

「いいんですか？」

「こいつも状況はわかってる。無茶はしないだろう」

高坂は上田を見下ろした。

「おまえが矢萩を倒しても、全員を解放することはないぞ。それでもやるのか？」

「一人ぐらいぶち殺さねえと、収まらねえんだ」

「おまえも矢萩と似たようなものか」

高坂は呆れて笑った。

「切れ」

若い男に命令する。

若い男がナイフを出し、上田の結束バンドを切り始めた。松川と千尋の後ろにいた男たちもナイフを出し、二人の首に押し当てた。

上田の手が自由になる。上田は矢萩を睨んだまま手首を握って回した。

誰もが上田を見ていた。

その時、谷岡が上体を起こした。右手に尖ったコンクリート片を握り締める。

上田がゆっくりと立ち上がる。遠めで矢萩と対峙する。矢萩がポケットから手を出し、指を鳴らした。

瞬間だった。

谷岡が動いた。後ろから矢萩の腰に体当たりをする。

矢萩が呻き、仰《の》け反《ぞ》った。

「おまえの相手は僕だ」

再び、右手を動かす。コンクリート片の尖端で脇腹の後ろを突き刺した。

谷岡の突然の反撃に、誰もが呆気に取られた。一瞬、フロアの空気が凍りつく。

「貴様！」

青井が怒鳴った。谷岡の下に駆け寄る。高坂や他の男たちの目も谷岡に向いた。

上田がとっさに動いた。

振り返りざま、後ろの若い男に肘打ちを食らわせる。

若い男が短い悲鳴を上げ、真横に飛んだ。上田は松川の前に立った。松川の後ろに立っていた男がギョッとした。

間髪を容れず、強烈な右フックを浴びせた。男が左横に吹き飛んだ。千尋の後ろに立っていた男もなぎ倒し、フロアに倒れる。

上田はこぼれ落ちたナイフを拾い、松川の後ろに回った。素早く松川のバンドを切った。松川の皮膚が多少切れ、血が滲む。かまわず、松川にナイフを渡す。

「これで、千尋を！」

言うなり、振り向いた。

松川たちの後ろから迫ってくる男たちと対峙する。松川は千尋の背後に回った。バンドの結び目にナイフを刺し、引き切る。

「尚人！　千尋を連れていけ！」

「晋ちゃんが！」

「俺が連れていく！　おまえは、千尋を逃がせ！」

　上田は言うと、倒れた男の一人を持ち上げた。玄関口から迫ってくる男たちに投げつける。男たちは思わず避けた。

　松川は千尋の右手首をつかんだ。

「行くよ！」

　一瞬開いた人壁の真ん中に走る。

「晋ちゃんは！」

「洋介に任せろ！」

　松川は千尋を引っ張った。

　千尋は上田を見た。

「行け！」

　上田が怒鳴った。

　谷岡は顔を起こした。高坂の後ろで起きている騒ぎを見やる。

「よかった……」

　笑みを浮かべた瞬間、青井の強烈な回し蹴りが谷岡のこめかみを抉った。

　谷岡の意識が一瞬で飛んだ。力を失った体は横倒しになって瓦礫に突き刺さり、バウンドしてさらに瓦礫に刺さった。

矢萩がやおら振り返る。

「このガキが……」

血走った眼で谷岡を見下ろし、頭を踏みつけた。谷岡の頭部が力なく弾む。矢萩は二度、三度と踏みつけた。

「晋！」

上田が振り返った。谷岡の下に駆け寄ろうとする。

その前に、人影が現われた。

上田は右ストレートを放った。

人影がふらっと揺れる。次の瞬間、拳が眼前に現われた。

凄まじい衝撃が上田の顎を打ち抜いた。開いた上田の口から、折れた歯と鮮血が同時にしぶいた。

脳が揺れ、体がふらつく。それでも足を踏ん張った。

「こんな余興で恥をかかされるとはな。てめえら、ここで全員終わりだ」

高坂が腰をひねった。大振りの左フックが上田に迫る。

気配は感じた。が、体が動かない。

逃げろよ、尚人……。

拳が右頬に食い込んだ。顔が直角に折れる。弾き飛ばされた上田の体は横倒しになり、尖った瓦礫の上に沈んだ。

若い男が駆け寄ってくる。

「高坂さん、すみません！　俺が気を抜いたばかりに――」

「御託はいいから、さっさと松川と三笠の娘を捕まえてこい！」

「はい！」

若い男が玄関口に走る。他の男たちも続く。青井が高坂の脇に来た。

「死んだか？」

上田を見やる。

「まだだ。後でゆっくりと嬲《なぶ》り殺してやる。あっちは？」

高坂は谷岡に目を向けた。まだ、矢萩が頭を踏みつけている。

青井は顔を横に振った。

「まあ、仕方ない。それより、三笠の娘に逃げられるのはまずい。おまえも行ってくれるか？」

「わかった」

青井は男たちの後を追った。

高坂は青井を見送ると、腹立ちまぎれに気絶している上田の背を蹴った。

11

松川は千尋を連れて、走った。陽はどんどん落ちていく。木々の重なった山肌にはすでに暗がりができていた。

後ろから男たちの怒号が聞こえる。

曲がりくねった砂利道が続いていた。車が走っている気配はない。高坂が言っていたように、周りには民家もなく、人気もなかった。

「どこに行くの！」

千尋が訊く。

「わからない。とにかく、走るんだ！」

松川は前を向いたまま、千尋の手を引いて走った。

できれば、舗装された道路を見つけたい。舗装道なら、暗くなった後に上っても下っても迷うことはない。

しかし、今、山の中に入ると、一歩間違えば遭難する。

多くの人は、ある程度高度のある山でない限り遭難など起こり得ないと思っている。が、信州の山間で暮らしていた松川は、そうでないことを知っている。

遭難に高度は関係ない。標高の低い里山でも暗がりで方向感覚を失って迷い、集落を見つけられず、食料もなくなり衰弱したり、誤って川に落ちたり、動物に襲われたりして死ぬこともある。

松川はある程度山に慣れているが、だからこそ、よく知らない山中には入りたくない。とはいえ、このままでは男たちに追いつかれる。捕まれば、二度と脱出はできないだろう。おそらく、命もない。

走りながら周りを見回す。薄暗がりの中に、人が歩いたような跡が見えた。下っている。

ここしかないか……。

松川は後ろを見た。先ほどより、男たちとの距離は詰まっていた。

「千尋ちゃん、こっちだ！」

松川は森の中へ入った。

千尋は急に引っ張られ、足をもつれさせながらも松川についてきた。

「川の方へ下りたぞ！」

男の一人が叫んだ。

この先には川があるのか。

松川はともかく獣道を進んだ。

枝や草が揺れたり折れたりする音が聞こえる。男たちも森の中へ入ってきたようだ。

山の中は急速に暗くなっていった。先が見えなくなる。

このまま下れば川に出るが、男たちが川沿いを追ってくるのも必然だ。

「こっちに行くよ」

松川は小声で言い、右手の森の中に入った。

道はない。が、斜面は安定している。手探りで木々をすり抜ける。時折、背の高い草を踏み倒し、右へ右へと進んでいく。

「大丈夫なの？」

千尋の不安が握った手首の肌から伝わってくる。

「大丈夫。大変だけど、がんばって」

松川は言い、暗闇を進んだ。

あたりが真っ暗になった。松川は途中で立ち止まり、草むらに身を潜めた。振り返る。時折、草の陰に明かりが揺れた。男たちは懐中電灯を持っているようだ。

遠ざかる明かりもあれば、近づいてくるものもある。山狩りをしている。

森の奥は暗い。松川の視界を確保するものは、枝葉からこぼれる月明かりだけだった。

松川は上を見た。斜面はきついが、登れなくはなさそうだ。

「千尋ちゃん、登るよ」

「本気なの？」

「下へ行けば、川沿いを探している連中に捕まる。このままここにいては、山狩りの餌食だ。危険だが、上に行く方がまだ可能性はある」

「戻って、車を奪うというのは？　私たちを連れてきた車があるでしょ？　洋介や晋ちゃんのことも心配だし」

「それはリスクが高すぎるな。仮に車を奪ったところで道がわからない。このあたりに精通しているヤツらに簡単に追いつかれる。暗い森の中というのは迷路だ。状況がわかるまで、迷路の中にいた方が安心なんだ。彼らもそうそう見つけられない。晋ちゃんと洋介は大丈夫。今は僕たちが逃げ切ることが先決だ」

遠くから男たちの探索する声が聞こえてきた。

「そっちはどうだ！」

「いません！」

「徹底して捜せ！」

声が近づく。

松川は木々をつかんで斜面を踏みしめた。足場は悪い。時折、滑りながらも、千尋を助け、斜面を登った。

「ともかく、上へ」

松川と千尋の姿が木々に囲まれた森の奥へ消えた。

12

朝を迎えた。午前七時を回った頃、青井が戻ってきた。疲れた様子で、目の下にくまができていた。

高坂はすぐさま言った。

「見つからないのか？」

「ああ……」

青井の表情が曇る。

「まずいな……」

高坂の声色も曇った。

「矢萩は？」

青井が訊く。

「思ったより深手を負っていたんでな。ふもとの病院へ運んだ。病院には建物解体中の事故だと言っておいた」

「谷岡はダメだったか？」

青井の問いに、高坂が頷く。

「上田は？」

「顎は砕けているが、息はしてる。縛って、部屋に放り込んであるよ」

「どうする?」

「このままというわけにはいかないな。松川と三笠の娘、見つかりそうにないか?」

「このまま山狩りすれば、見つかるんだろうがな。すぐにとはいかない。松川は長野出身だろう? 山を知っているようだ。逃げられる可能性もある」

「……仕方ないか」

高坂はスマートフォンを出した。

「撤収するか?」

「いや、捜索は続けてくれ」

高坂が言うと、青井は頷き、再びアジトを出た。

青井を見送り、高坂は番号を呼び出し、コールボタンをタップした。

ため息をつき、耳に当てる。

電話口に西崎が出た。

「……高坂です。すみません、朝早くから。少々不測の事態が起こりまして——」

高坂は、現在起こっていることを正直に話した。

二時間後、高坂は即刻呼び戻され、AZソリューションの本社にいた。社長室で、西崎の前に正座させられている。

脇には郷原が立っていた。

高坂の顔は見るも無残な状態だった。両眼の瞼《まぶた》は塞がるほど腫れ上がり、唇はタコのように膨れている。顔中痣《あざ》だらけで、鼻腔や口の端からは血が垂れている。

しかし、高坂は血も拭わず、ひたすら正座をしていた。

郷原は、高坂の髪の毛をつかんで、うつむけた顔を上げさせた。右の拳を振り上げる。

高坂は両肩を上げ、身を竦《すく》めた。

「もういい、郷原」

西崎が言った。

郷原は髪の毛から手を放し、少し後ろに下がって仁王立ちし、腕組みをして高坂を睨み下ろした。

「おまえには失望したよ、高坂」

静かだが怒気のこもる声色だった。

高坂は正座したまま震えた。

「腕っぷしのあるヤツの中でも冷静かつ大胆な判断を下せる者と見込んで、おまえを今回のチーフに選んだ。しかし、青井の方が良かったかな？　ヤツは口下手だが余計な真似もしない。俺の目が曇ったということか？」

「いえ……」

「まあ、自分らでの処理をあきらめ、早めに連絡してきたことだけは褒めてやるが」

「あきらめたわけでは……」

「まだ、山狩りを続ける気か?」

西崎が高坂を見据える。

「もちろんです」

高坂が顔を上げた。

途端、西崎がため息をつく。

「すぐにやめさせろ」

「なぜですか?」

「なぜ……。おまえに任せたのは間違いだったな。もういい」

西崎は右手の人差し指を上げた。

郷原が頷き、後ろにいた部下を呼び寄せる。部下の男二人が来て、高坂の両脇に立った。

「何を……」

高坂は左右の男を交互に見上げ、怯えた。

郷原が真後ろに立つ。手にはビニールテープを持っていた。

「心配するな。俺は殺しは嫌いだ。ただ、ビビって寝返られても困るんでな。事が終わるまで、おとなしくしておいてもらいたい」

顎を振る。

両脇の男が同時に高坂の腕をつかんだ。郷原がビニールテープを引き出し、口元に巻き付ける。

高坂はもがいた。息苦しい。しかし、男たちの力は強い。

「松川たちを監禁したところへ連れていって、放り込んでおけ」

男の一人にビニールテープを渡す。

男は後ろに回した両手と両足首にビニールテープを巻き付けた。高坂が芋虫のように転がる。もう一人の男が高坂の鳩尾を踏みつけた。

高坂が双眸を剝いた。呻きを漏らす。噴き出した胃液が、ビニールテープの端からしぶいた。高坂はそのまま気絶した。

部下の男二人が、高坂を運び出した。ドアが閉まる。

「あーあ、吐いちまったな。窒息するかもしれん」

郷原がドアの方を見て、片笑みを滲ませる。

「まあ、それはそれで仕方ない。事故だ」

西崎はこともなげに言った。

「さて、どうする？　谷岡は死んじまったし、松川と三笠の娘には逃げられた」

「心配するな。まだ、上田は生きているんだろう？」

「瀕死の状態だという話だが」

「青井に電話してくれ」

西崎が言う。

郷原は後ろポケットからスマートフォンを出し、青井の番号を呼び出しタップした。

青井が、ワンコールで電話に出る。

郷原は西崎にスマホを渡した。

「青井か、俺だ。高坂は処分した。今すぐ、捜索をやめさせろ。近隣の農家が作業を始める時間だ。俺たちがわらわらと動き回っているのが見つかるのはうまくない。それと、谷岡の遺体を聖蹟桜ヶ丘の一軒家に運べ。終わったら、郷原に連絡を入れろ。わかったな」

西崎は一方的に指示をし、電話を切った。郷原にスマホを返す。

「おいおい……。遺体を聖蹟に運んだりしたら、見つかっちまうぞ」

郷原はスマホを受け取りながら言った。

「見つけさせるんだよ」

「正気か？」

「三笠や松川へのメッセージだ。こうなった以上、猶予はないからな。一気にカタを付けるぞ。郷原、エストニア経由の回線を用意しておいてくれ。谷岡の遺体を置いてきたと同時に動く」

「娘が保護されれば、三笠は動かんぞ」

「その時は、上田の屍を屋敷に放り込んでやるだけだ」

「怖えヤツだな」

郷原が苦笑する。

「この世に未練のないヤツなんか、こんなもんだ。頼んだぞ」

「わかったよ」

郷原は言い、部屋を出た。

13

松川たちは隈笹《くまざさ》が茂る山中に大木のうろを見つけ、そこに身を潜めていた。松川は倒れた木の幹にもたれかかり、いつの間にか寝ていた。千尋も松川の足を枕に横たわり、寝息を立てていた。

木の葉の先から落ちてきた滴が松川の顔に当たった。目が覚める。すっかり夜が明けていた。枝葉からこぼれる陽光に目を細める。

「……もう、朝か」

松川は周囲の気配を探った。人の気配はなかった。

「千尋ちゃん、起きて」

肩を握って体を揺する。

千尋が目を開け、気だるそうに上体を起こした。

「ここ、どこなの？」

ぶるっと震え、両腕を抱く。

「わからないけど、結構な山の中だね。隈笹が生えているから」

松川は近くにあった隈笹の葉を見る。

「これで何がわかるの？」

千尋が隈笹の葉を触った。

「隈笹は比較的標高の高い山の中に自生してるんだよ。つまり、今、僕たちがいるところはそれなりの高さの場所だということ」

「それで、昨日の夜、ここで止まったの？」

「そう。山頂までどれだけあるかわからないし、もし標高が千メートルを超えるほどの山なら、山頂に近づけば寒さにやられるからね。隈笹を見た時に、このあたりが限度かなと思って」

「詳しいんだね」

「長野の山ん中で育ったからね」

松川が苦笑する。

「どうする？」

千尋が訊いた。

「もう少し明るくなったら、山を下りよう。それまでは休んでいていいよ」

松川が言う。

千尋は小さく微笑んで、倒木の幹にもたれた。

「尚ちゃん」

「何？」

松川は微笑んで、千尋を見た。

「晋ちゃんたち、大丈夫かな」

千尋はうつむいたまま、言った。

逃げる時、ちらりと見たフロアの様子を思い出す。洋介は助かっているかもしれない。しかし、谷岡は……。

「なんで、尚ちゃんたちはこんなことをしたの？」

千尋が訊いた。

松川は天を仰いだ。風に揺れる枝葉を見つめる。

「変えたかった」

「何を？」

「人生」

短く答える。

「でも、こんな方法じゃ、何も変わらなかったね。むしろ、悪くなった。当たり前の話なんだけど」

　松川は天を仰いだまま、大きなため息をついた。

「わかっていたんだ。こんなことをしてもダメだってことは。けど……言い訳じゃないけど、晋ちゃんからこの計画を聞いた時、止められなかった自分もいた。何もかもが色褪《あ》せて見える深海の底で、虹を見たような気分だった。その先には何かある。どうせ破滅にしか向かわない人生なら、一度だけ夢を見てやろうかなと思ったんだよね」

「悪いことをして、夢も先もないよね」

「その通り。今はそのことを実感してるけど、その時は何かが変わるんじゃないかと、半ば本気で思ってた。少し冷静になって考えたら、そんなはずはないのに、なぜあの時、あの一瞬でもそう思ってしまったのか。自分でもわからないんだ。正直、今でもわからない。ただ、魔が差したというのとは違う気はしてる。もっと、何か、奥の方から突き動かされた感じかな。洋介も晋ちゃんも、同じ感覚だったと思う」

「よくわからないな」

「僕自身もそうだから、千尋ちゃんにはわからないよね。ごめん」

　自嘲する。

　千尋は微笑み、顔を横に振った。

「まだ動かないから、休んでて」

「うん」

　頷き、幹に頭をもたせかけた。顔に髪が被さる。千尋は疲れた様子で目を閉じた。

松川は千尋を見つめ、訊かれたことを反芻《はんすう》した。

なぜ、こんなことをしてしまったのか。

自分の不遇に憤っていたのかもしれない。世の中に漠然とした怒りを感じていたのかもしれない。本当に人生を変えたかったのかもしれない。

どれも正解のようで、どれも違う気がする。

今となっては、身代金誘拐を断行しようと決めた時の心理も思い出せない。

ただ、一つだけ、はっきりしているのは、あまりに短絡的で軽率な行動を取った自分たちの人生は終わった、ということだけだった。

松川は千尋に聞こえないよう、深く深く嘆息した。

14

午前九時前、書斎のソファーで横になっていた三笠が起き上がった。

寝る時は寝室を使っていいと言われているが、このところは書斎から一歩も出ず、そのまま寝起きしている。

ワイシャツも皺が目立ち、汗染みができている。不精髭も伸び、風呂に入っていないので臭う。

ドアがノックされた。返事もせず、ドアの方を見やる。

「おはようございます、社長」

澪が顔を覗かせた。

澪は、以前千尋の世話をしていた時に住み込んでいた部屋を使っていた。着替えは、女性警官が用意した物を使っている。

澪はトレーを持ち、中へ入った。トレーにはパンとスクランブルエッグやベーコンを盛った皿、コーヒーが載っている。

澪は、応接テーブルにトレーを置いた。テーブルには昨晩用意した夕食が、手つかずで置かれていた。

「社長、少しは召し上がった方が」

澪が心配そうに三笠を見る。

三笠は虚ろな目で、宙を見つめていた。

夕食のトレーを下げようとする。

「有島君」

三笠がぼそりと口を開いた。

「なんでしょう?」

澪は笑みを作り、向かいのソファーに浅く腰を下ろした。

「私は間違っていたんだろうかな?」

「何をです?」

「私の家は、材木問屋をしていたんだよ」

「そうなんですか？　知りませんでした」

「話したことはないからね、誰にも」

　三笠はコーヒーのカップを取った。口を湿らせる。

「老舗の問屋でね。小学生の頃は〝坊ちゃん〟と呼ばれていた。けど、内情は木材需要の低下と輸入木材によるダンピングで火の車だったそうだ。私が小学校五年の時だったかな。二度目の不渡りを出して、家に債権者が押しかけてきた。両親や住み込みで働いていた従業員を殴り倒して、我先にと金目の物を根こそぎ持っていった。それで終わりかと思えば、今度は正規の破産管財人が残ったわずかな動産まで押さえ、私たちを住み慣れた家から追い出した。たった一晩の出来事だ。昨日まで坊ちゃんと呼ばれていた子供が、次の日には家なし児。私は自分の身に起きたことが理解できなかった」

　コーヒーを飲んで、手の甲で口元を拭う。

「しかし、まもなく、現実を思い知らされることになった。債権者集会に出た父がその帰り道に自殺した。追い込まれて、自らの命を絶って、保険金で清算するつもりだったそうだ。それでも足りず、母は子供に言えない仕事で稼ぎ、疲弊しきって私が中学三年の時に死んだ。母が死んだ後、保険金が入ったが、それも債権者に持っていかれた。私は両親を失っても一文無しで、進学も叶わず働くことになった。世はバブルに沸いていたが、私には関係なかった。身を粉《こ》にして働いて貯めた金で、当時の大検を受けて大学を出た。ちょうど、バブル末期の頃で、私は証券会社に滑り込み、金融のノウハウを得た。小さな証券会社だったが、おかげで金融取引全般のノウハウを知ることになった。やがて、勤務先が倒産したので、独立して個人投資を始めた。すぐにＩＴバブルが訪れて、私は一廉《ひとかど》の財を得た。それでも私は満足しなかった。なぜかわかるか？」

澪を見やる。

「いえ」

澪は顔を横に振った。

「金は有り余るぐらい持っていても、一夜で消えることがある。金を失えば、人間としての価値もなくなる。私はせめて、千尋にはそういう思いをさせたくないと思って、仕事に没頭した。しかし、それは間違っていたのか？　金に執着せず、あの子や春子と慎ましやかに生きる選択をすればよかったのか？　私が金を持たなければ、千尋をこんな目に遭わせずに済んだのか？」

三笠は澪を見ながら言う。寝ていないせいもあってか、感情が噴き出し、充血した双眸から涙がこぼれた。

こんなにも弱々しい三笠を初めて見た。

澪は微笑んだ。

「社長は間違っていません。もし、慎ましやかな暮らしを選択していたとしても、それも間違いではありません。お金があったから、千尋ちゃんが誘拐されたのは確かでしょう。けど、お金がなかったからといって、千尋ちゃんがなんらかの犯罪に巻き込まれなかったとも限りません。社長、すべては今起こっていることです。過去を振り返っても現在は変わりません。私たちにできることは、千尋ちゃんが無事に戻ってくるよう、できる限りのことをすることです。といっても、今は祈ることしかできませんが。コーヒー、もう一杯淹《い》れましょうか？」

澪が言う。

「少し、食事も摂ってください。社長が倒れてしまわれたら、それこそ千尋ちゃんが天涯孤独となります。若い頃の社長のような思いをさせたくないなら、生きてください」

「そうだな……。そうだな」

三笠は声を震わせた。皿に載せたパンを手に取る。

澪は目を細め、立ち上がった。カップを取り、部屋を出ようとする。

と、眼に光の点滅が飛び込んだ。立ち止まり、三笠のデスクを見る。デスクトップパソコンの上部ランプが点滅していた。

「社長、パソコン使いました？」

「いや、触っていないが」

三笠はパンを持ったまま顔を上げた。

「電源ランプあたりが点滅しているんですが」

澪が首を傾げる。

三笠はパンを皿に置き、立ち上がった。気だるそうにデスクへ近づく。天板に手をついて、パソコンを見る。確かに、電源とハードディスクのランプが点滅していた。

「なんだ……?」

三笠は椅子に座り、マウスをクリックした。

すると突然、画面が立ち上がった。驚いて、息を呑む。澪もデスクに駆け寄った。

──おはよう、三笠社長。

ボイスチェンジャーをかけた男の声がした。黒い画面にうっすらと〝ガイフォークス〟の仮面が浮かび上がる。国際的ハッカー集団〝アノニマス〟が使う仮面だ。

三笠はパソコンの上部中央にある内蔵カメラを塞ごうとした。

──無駄だ、無駄だ。あなたの家にあるカメラはすべてハッキングした。一階は警察関係者でいっぱいだな。

「おまえ、公園から逃げた若造か!」

三笠はカメラを睨みつけた。

──そうではないが、そうであるとも言える。

「社長、野村さんたちに言ってきます!」

澪がその場を離れようとする。

──ああ、そこの女性。待ちたまえ。動くことはない。今から、下のパソコンやテレビにも回線を繋ぐ。イッツ・ショー・タイム。

不思議なことに、ガイフォークスの仮面がニヤリと笑ったように見えた。

書斎にあるテレビの電源が勝手に入った。すぐさま、目の前のモニターと同じ画面が表示される。澪はリモコンを取り、チャンネルを変えてみた。しかし、どのチャンネルもガイフォークスの仮面しか表示しない。

――三笠邸のネットワークは乗っ取った。ＩｏＴのパスワードは変えておかなければ危ないですよ、三笠社長。

何者かは高笑いを放った。

階下から複数の足音が上がってきた。ドアが開く。野村と東原、若い捜査員数名が部屋へなだれ込んできた。

「三笠さん！」

野村がデスクへ駆け寄る。

――捜査当局の方々、朝からご苦労様です。

ガイフォークスの仮面が言う。

「貴様、誰だ！」

野村が怒鳴った。

――我々は、実行犯ではないが、関係者ではある。今、三笠千尋は我々の手中にある。

千尋の名を聞き、一同の顔が強張った。

「千尋は！　千尋は生きているのか！」

三笠が身を乗り出した。

――まあまあ、あわてないでください。声を聞かせろ、姿を見せろといったリクエストにはお応えしかねますが、元気ですよ、今のところは。

画面内の仮面がまたうっすらと笑う。

誰かが被っているわけではなく、画像を動かしているようだ。

東原が若い捜査員を見やった。捜査員は頷き、部屋から駆け出す。

――そちらの刑事さん。若い方にIPを解析させるか、回線を逆探知しようとしているようですが、無駄ですよ。アドレス情報自体を改竄《かいざん》していますから。

東原は舌打ちをした。

――まあ、みなさん。落ち着いてください。私は逃げません。時が来れば、あなた方の前に姿を現わします。その条件は、身代金三十億円。現金で用意し、五日後の午後六時に受け渡しをすること。

「三十億だと！　そんな金はない！」

三笠が声を荒らげる。

――これはこれは、三笠社長。私はあなたの資産状況も把握している。外貨建ての有価証券、海外の不動産を売却すれば、間に合うでしょう。私が代理で売り捌いてあげてもいいですよ。

ガイフォークスの仮面が言う。

三笠は唇を噛んだ。

――受け渡し場所は、ある一時期、夢を持った若者たちと過ごした空間。私はそこで待っています。

「そんな場所は知らん！」

――いいえ、あなたは知っています。まあ、思い出せず、あなたが指定日時にその場所へ現われなければ、千尋さんの遺体がそこに横たわるだけです。

「殺せば、罪は重くなるぞ！」

野村が言う。

ガイフォークスの仮面がふっと笑った。

――承知していますよ、刑事さん。ついでに申し上げておきますが、私は本気ですから、捜査関係者は邪魔をしないでください。あなた方の動きも把握しています。公園での受け渡し時のような邪魔をすれば、その時点で千尋さんの命はいただきます。

「そんなこと、許されるわけがないだろう！」

――許す許さないの話ではないのです。

その言葉を最後に、画面から仮面が消えた。代わりにふわりと地図が浮かび上がってきた。

多摩市の地図だ。赤丸が印されているところが拡大する。

――捜査員をそちらへ行かせてください。私の本気がわかるでしょうから。早く行った方が良いですよ。まもなく、同じ情報をマスコミにも流します。ではまた、詳細はのちほど。

そう言うと、通信が途切れ、テレビの電源が落ちた。

パソコンの画面には地図だけが浮き上がっていた。

「セイさん、すぐに調べさせてくれ」

「わかった」

東原が部屋を飛び出す。

野村が訊く。

「三笠さん、犯人が言っていた場所に心当たりは？」

「……出て行ってくれ」

「三笠さん！」

「出て行ってくれ！」

三笠は野村を睨み上げた。

「三笠さん！　連中の言うことを聞いても、千尋さんが戻ってくるとは限らない！　今度の相手は、逃げた若者たちではなさそうだ。我々も全力を——」

「私から、千尋まで取り上げるな！」

三笠が立ち上がった。

「私はもう、家族は失いたくないんだ！」

野村の胸ぐらをつかむ。

「春子だけでなく、千尋まで失ったら、私はなんのために生きてきたのか、わからない！　もう、私の好きにさせてくれ！　邪魔をしないでくれ！」

三笠は野村を突き飛ばした。

「三笠さん！」

野村が近づこうとする。

澪が野村の前に立った。

「野村さん、今は待ってください。お願いします」

澪が頭を下げる。

「お願いします」

ますます深く腰を折る。

「わかりました。が、我々も動かないわけにはいかない。捜査は続けます」

野村はそう言い残し、捜査員と共に書斎を出た。

ドアが閉まる。澪がようやく顔を上げた。

「有島君」

「はい」

振り向く。

「三十億の現金、用意できるか？」

「できる限り、手配はしてみます」

「頼む」

三笠が言う。

澪は返事をし、一礼して部屋を出た。

三笠はデスクに両肘をつき、うなだれた。

第5章　迷妄

1

聖蹟桜ヶ丘の松川たちが暮らしていた一軒家の周辺には、複数のマスコミ関係者がうろついていた。

カメラを手に持った新聞か雑誌関係の記者もいれば、テレビカメラやマイクを持ったリポーターもいる。

東原から指令を受けた捜査員と所轄の制服警官が現場に到着する。制服警官は、すぐさま黄色いテープを出し、規制線を張った。

捜査員が玄関ドアの前まで走った。白い手袋をし、ドアノブに手を掛ける。鍵は開いていた。

捜査員二名がドアを潜った。途端、部屋の奥から生臭い金属臭が漂ってきた。

廊下を見やる。複数の土足の跡があった。

「鑑識を呼んでくれ。それと、この家に接している道路を封鎖するよう、指示を」

「はい」

後ろにいた捜査員が出て行く。

残った捜査員は、ポケットから輪ゴムのついたビニール袋を出した。靴を脱ぎ、自分の両足に袋を被せる。現場に余計な足跡や油脂を付けないための配慮だ。

そろりそろりと奥へ進む。一階の部屋を見て回るが、特に異常はない。いったん戻り、二階へ上がった。

ダイニングを覗く。

捜査員は立ち止まった。

顔を潰された小柄な男が仰向《あおむ》けに転がっていた。近づいて屈み、胸に手を当てる。

呼吸はしていない。

捜査員は立ち上がり、スマートフォンを取り出した。東原に連絡を入れる。

「現場に到着しました。身元不明の遺体があります。今、鑑識の要請と現状維持を行なっています。私はこのまま引き続き、現場検証をします」

手短に伝え、電話を切る。

捜査員は男の屍《しかばね》を見て、深いため息を漏らした。

2

松川は一時間ほど休み、陽が昇ったところで千尋を連れ、沢に降りた。そこから沢伝いに下っていくと、二十分ほど歩いたところで集落が見えた。

後ろを振り返るが、高坂の仲間が追ってくる気配はない。

川沿いの畑を横切り、民家の庭に出た。

「すみません！」

大声で声をかける。

納屋《なや》から頬被りをした小柄な老女が出てきた。

「おやまあ、どうしたの！」

老女は驚いて目を丸くした。

「すみません、昨日、彼女とこのあたりの散策に来たんですが、山で迷ってしまって。電話を借りたいんですが、ちょっとだけ上がらせてもらえませんか？」

松川が言う。

「いいよ。お嬢ちゃんも、そんなに泥だらけで。着替えあげるから、入りなさい」

「私は……」

「甘えさせていただこう」

松川が促す。

千尋は頷き、松川たちと共に中へ入った。

古い農家の家屋だった。平屋で土間がある。懐かしいニオイのする家だった。

老女に招かれ、松川と千尋は居間に上がった。テレビが点《つ》けっぱなしだ。他に人のいる気配がない。

「お一人なんですか?」

千尋が訊《き》いた。

「息子と娘は結婚して出て行って、おじいさんは去年死んだもんでね」

老女は気負いなく笑う。

「ちょっと待っててね。娘の服があるから持ってくるわね。電話はそれを使ってね」

老女は微笑み、廊下の奥へ消えた。

「こんな山の中で独り暮らしだなんて、かわいそう」

「そうでもないんじゃないかな」

松川は千尋を見た。

「足腰が動かなくなるのは大変だけど、ここには昔ながらの顔なじみもいるし、何より」

部屋を見回す。

「ここにはお婆さんが暮らしてきた想い出がある。そういう場所は、なかなか離れがたいものだから」

「尚ちゃんも、長野が恋しい？」

「僕はあまりいい想い出がないから。それでも、もっと歳を取ったら、懐かしくなるのかもしれないな。母さんがそんなことを言ってた。いつか洋介や晋ちゃんと三人で帰ってみたいなとは思う」

松川は笑みを見せ、コードレスホンを取った。

「千尋ちゃん、家の固定電話の番号か、三笠さんの携帯番号覚えてる？」

「うちに連絡するの？」

「そうだよ」

「そんなことしたら、警察が来ちゃう」

「いいんだよ。ここで警察に千尋ちゃんを保護してもらうから」

「尚ちゃんは？」

「僕も警察に君を渡すまで、ここにいるよ。連中が現われないとも限らないから」

「捕まっちゃうじゃない」

「いいんだ。僕らの悪巧みは、ここで終わりにする。急がないと、洋介や晋ちゃんが心配だしね。そして、もう一度、ここからやり直すよ」

松川は柔和な笑顔を見せた。

捕まると決めた途端、自分でも驚くほどに気持ちが楽になった。

「……わかった。うちの番号は、0422の29の――」

千尋が番号を口にする。

松川はプッシュボタンを押していた。と、千尋の声が止まった。

「29の後は?」

訊く。

が、千尋は瞳を開いて、テレビを見つめていた。

「尚ちゃん、ここ……」

千尋が唇を震わせる。

松川はテレビを観た。ニュースが流れていた。映し出された建物を見る。松川の双眸《そうぼう》もみるみる大きくなった。

規制線の外には、各局の報道陣が詰めかけ、ごった返していた。その中でマイクを持った男性リポーターが少し上擦った声で中継をしていた。

――見つかった遺体なんですが、二十歳前後の若者とみられるとのことです。激しく殴打されていて、顔は原形を留《とど》めていないとのことでした。損傷に比べ、室内の血痕が少ないことから、別の場所で殺害され、運び込まれたようです。

――原田《はらだ》さん、身元はわかっていないんですか?

――はい。ただ、近所の方の話ですと、この家には最近まで数人の若者が住んでいたようで、そのうちの一人かもしれません。家に他の若者はいないことから、彼らの間でなんらかのトラブルがあったのではという見方も出ています。また、発見された経緯ですが、何者かが私たち報道機関に通報してきたように、警察にも同様の連絡が入り、その通報によって調べたところ、遺体が見つかったということです。

——通報してきたのは、犯人のうちの誰かということでしょうか？

——それは今、捜査中ですが、遺体があることを知っていたということは、なんらかの関係があるとみて間違いないと思います。

——わかりました。原田さん、また新しい情報が出ましたら、報告してください。

スタジオの司会者に画面が切り替わる。

「尚ちゃん……」

千尋は口元を手のひらで押さえた。瞳から大粒の涙があふれる。

「千尋ちゃん、番号を」

松川も動揺していたが、千尋を落ち着かせたくて気丈なふりをした。

「29の53——」

千尋はしゃくりあげながらも、最後まで番号を伝えた。

老女が戻ってきた。泣いている千尋を見て、目を丸くする。

「どうしたんだい？」

「すみません。なんでもないんです」

千尋は人差し指の背で、涙を拭う。

老女は手に、着替えを持っていた。

「千尋ちゃん、着替えておいで」

「うん」

千尋はふらりと立ち上がり、老女と一緒に居間を出た。

受話器を耳に当てる。切れていた。記憶した番号にもう一度かけてみる。呼び出し音が鳴ると、まもなく電話が繋がった。

「もしもし、三笠さんですか！」

松川は急ぎ、声をかけた。

——ほお、こっちに電話してきたか。

「おまえ……！」

松川の眉間に皺が立った。

はっきりと聞き覚えのある声。西崎の声だった。

「西崎！　なんで、おまえが！」

つい声を荒らげる。

——三笠に関わる回線は、すべて我々が押さえている。おまえなら、警察へ連絡する前にまず、三笠に連絡を入れて安心させようとするだろうと睨《にら》んでいたが、その通りだったな。そこは……奥多摩町大丹波だな。三上《みかみ》さんの家か。

「なぜ、わかるんだ」

——電話番号から個人情報などすぐに引き出せる。心配するな。三上さんには手を出さない。おまえ次第だがな。そこにテレビがあるだろう。観てみろ。

「観たよ……」

——なら、話は早い。遺体は谷岡君だ。部下が勢いで殺してしまった。そのことに関しては、上司として詫びるよ。

「何が詫びるだ！」

松川は思わず怒鳴った。

ジーンズとワイシャツに着替えた千尋が駆け込んでくる。受話器を握り締めている松川を見て、立ったまま息を呑んだ。

老女も戻ってきた。松川のただならぬ雰囲気を感じ、千尋の肩に手をかけた。千尋がビクッとする。老女の手を握り締めた。

「あったかいものを飲みましょう」

老女が千尋を居間から離す。千尋は松川に心配そうな目を向け、老女と共にその場を離れた。

——まあしかし、起こってしまったことは仕方がない。我々もこれ以上の悲劇は見たくない。

「どうしろというんだ？」

——今からそこへ車で迎えに行かせる。おとなしく、三笠千尋と共に乗り込め。

「再び捕まれというのか？」

――そういうことになるな。間違っても、このまま警察に垂れ込もうとはするなよ。こっちにはまだ上田君もいるし、場合によっては、君たちを助けてくれた三上さんやその周りの人々にも迷惑がかかることになる。賢明な君であれば、私の言っている意味が理解できると思うがね。

西崎は淡々と話した。

松川は受話器を投げ捨てたいほどの怒りを覚えた。が、どうすることもできない。警察へ逃げ込めば、松川と千尋は助かる。老女や周りの人も警察が守ってくれるだろう。

しかし、間違いなく、上田は殺される。

――おまえが素直に従えば、手荒な真似も拘束もしない。おまえの判断次第だ。では、迎えが来るまで、そこを動くな。

西崎は命令し、一方的に通話を切った。

松川は力なく受話器を置いた。受話器に手をかけたまま動かず、手元を見つめた。

千尋が戻ってきた。両手に湯飲みを持っている。

「尚ちゃん」

声をかけられ、顔を上げる。

「これ。おばあちゃんが」

一つを松川に差し出す。お茶だった。

「ありがとう」

松川は受け取り、茶を啜《すす》った。

口の中が乾いていた。熱いお茶を吹いて冷まし、何度も口の中に流し込む。湯飲みを空にし、大きく息をついた。

「おばあさんは？」

「私の制服を洗ってくれてる」

千尋が微笑んだ。

松川は千尋を見つめた。

「……千尋ちゃん、逃げろ」

「えっ？」

「おばあさんを連れて、警察へ行って、すべてを話し、保護してもらうんだ」

「何があったの？」

「西崎が三笠さんの家の回線をジャックしていた」

「西崎って？」

「僕たちを監禁した張本人だよ」

松川の言葉に千尋は驚き、目を見開いた。

「聖蹟桜ヶ丘の家で見つかったのは、晋ちゃんだ」

松川の声色が重い。

千尋は呆然とした。また瞳から涙があふれ出る。

「電話したことで、この場所も知られた。助けてもらったおばあさんにも迷惑がかかるかもしれない。全部話して、保護してもらってくれ。それが一番だ」

「尚ちゃんは？」

「僕は行かなきゃならない。洋介を助けなきゃ」

「私も――」

「ダメだ。これ以上、君を危険に晒《さら》すわけにはいかない。ヤツらは殺しまでした。ただの誘拐事件じゃなくなった。もう、僕らの手には負えない」

「私が逃げたら、尚ちゃんも洋介も危ないいんじゃないの？」

「僕たちはなんとかする。千尋ちゃんは自分の身の安全だけ考えて。それと、おばあさんも守ってあげてほしいんだ。身勝手な話だけど」

松川がうなだれる。

千尋は涙を拭った。茶を飲んで、大きく一つ息をつく。

「私が一緒に行けば、おばあちゃんは安全なんでしょ？　尚ちゃんや洋介も、すぐに殺されることはない。だったら、私は逃げない」

「千尋ちゃん！　ダメだ！」

松川は千尋の両二の腕をつかんだ。

「ここから先は、僕もどうなるかわからない。君を助けると約束した。このまま、僕らにかまわず、君は助かってくれ。それが僕や洋介、晋ちゃんの願いでもある」

「……わかった」

千尋は松川の手を払った。うつむいたかと思うと、やおら顔を上げた。

「私は、尚ちゃんたちに監禁場所から救い出してもらった。晋ちゃんには文字通り、命を懸けてもらった。洋介も。だから私は今、こうして助かってる」

「その通りだよ。だから――」

「助かったから、ここから先は私の意思。今度は私が、尚ちゃんと洋介を助ける」

「千尋ちゃん！」

「尚ちゃんたちの使命は、私を助けることだったでしょ？　私は助かった。だからもう、尚ちゃんたちと貸し借りはない」

「そんな屁理屈は――」

「それに」

千尋はまっすぐ松川を見つめた。

「晋ちゃんだけじゃなく、尚ちゃんや洋介にもしものことがあったら、私、もう生きていられない」

涙が滲《にじ》む。が、千尋は涙袋を膨らませて、泣くことを堪《こら》えた。

松川は見つめ返した。涙の奥に揺るぎない決意が覗く。

　何を言っても、ダメか……。

「わかった、千尋ちゃん。今度は僕たちが助けてもらうよ。ただ、一つだけ約束して。僕と洋介の安全が確認できて、僕か洋介が逃げろと言った時は、今度こそ、戻らず警察で保護されてくれ。頼む」

　松川は頭を下げた。

「うん、そうする」

　千尋は無理やり笑顔を見せた。

　老女が戻ってきた。

「汚れた制服、洗っといたよ。乾燥機にかけるから、少し時間がかかるけど、その間、二人ともゆっくりしていきなさい」

　二人に微笑みかける。

　千尋が歩み寄った。

「おばあちゃん。私たち、行かなきゃいけなくなったの。制服、また取りに来るから、預かっといてくれないかな」

　笑顔を向ける。

　老女はじっと千尋を見つめた。

「じゃあ、そうしておくわね。必ず、取りに来てね」

「はい」

千尋が頷く。

車のエンジン音が聞こえた。玄関先で停まる。千尋と松川の顔が緊張で強張った。

「じゃあ、僕たちは行きます。お茶、ごちそうさまでした」

松川は言い、千尋を見て頷いた。千尋が頷き返す。

二人は土間に降り、玄関を出た。黒いミニバンが停まっていた。車の脇にいたのは青井だった。

老女が見送りに出てくる。

青井は笑顔を作り、老女に近づいた。

「うちの甥と彼女がご迷惑をおかけしました」

深々と頭を下げる。

「いいえいいえ」

老女は微笑む。

「また改めて、お礼に伺わせていただきます。本日はここで失礼します」

青井は丁寧に挨拶をし、後部のスライドドアを開けた。

一瞬、鋭い目を松川に向ける。松川は中を覗いた。誰もいない。松川が先に乗り込み、その後、千尋が車に乗った。

ドアを閉める。千尋は窓を開け、老女に頭を下げた。青井が運転席に乗ってきて、すぐさま発進させる。

老女は車を見送りつつ、ナンバーをしっかりと頭に刻み込んだ。

3

野村は三笠邸に詰めていた。聖蹟桜ヶ丘の捜査状況やサイバー班からの解析情報が次々飛び込んでくる。

遺体発見現場で押収されたパソコンを解析した結果、裏掲示板への書き込みが、このパソコンから発信されていたことが判明した。

また、複数のメールから、同居していた若者たちの名前が判明した。

松川尚人、上田洋介、谷岡晋の三人だ。三人とも長野出身の二十五歳の若者で、同級生だった。

野村はすぐさま長野県警に照会し、三人の情報を取り寄せた。

体型的特徴から、発見された遺体は谷岡晋だとみられた。現在、司法解剖で死因と身元の特定を急いでいる。

また、残されたメールから、三人が三笠千尋の誘拐計画を立てていたこともわかった。

最初は漠然とした計画だったが、そのうち具体化し、野村と東原が調べた通り、誘拐が井の頭公園で清掃員を装いつつ実行されたことも証明された。

ここまで来れば、通常は三人の身柄を押さえ、千尋を救出するだけの話だが、捜査本部は慎重になっていた。

彼らの他にホームレスの男も目撃している。彼らが首謀者なのか、それとも彼らは別の何者かにそそのかされているだけなのか――。

サイバー班からの連絡で、メールや通信記録に、故意に消された形跡があることも確認された。何重にも上書きされ、データは再生不能なほど処理されているという。

現在、逃亡中の松川や上田が、そこまでの技術力を持っているとは思えない。

つまり、三笠邸の回線を乗っ取り、三十億の身代金を要求してきた犯人は、松川たちとは別だと考えた方が合点《がてん》が行く。

「ノムさん、どうする？」

東原が訊く。

「とりあえず、この三人……谷岡を除く二人の行方《ゆくえ》を追うしかないな。谷岡の遺体を調べれば、どこで殺されたかの見当も付くだろう。大規模に動くのはそこからか」

「回線に入り込んできたガイフォークスは？」

「そちらも引き続き、捜査してくれ。といっても、今のところ、侵入痕跡の解析しかできないだろうが」

野村が腕組みをして押し黙る。

「野村さん！」

若い捜査員が飛び込んできた。

「三笠千尋の足取りがつかめました！」

捜査員の声に、部屋中が色めき立つ。

野村と東原、他の捜査員も若い捜査員の下へ駆け寄った。

「奥多摩署からの連絡です。奥多摩町大丹波の民家に、三笠千尋と松川尚人が立ち寄ったそうです。その後、四十前後の男が迎えに来て、二人を連れ去ったと住人から通報がありました。車は黒いミニバン。ナンバーも確認したとのことです」

「すぐに手配を」

野村の言葉に東原が首肯し、部屋を出た。三笠邸の回線は監視されている恐れがあるので、重要事項の伝達や手配は、三笠邸の電波圏外で行なうようにしていた。

「詳しい供述は？」

「警視庁本庁に送ってもらっています」

「データを入手したら、すぐ私のところへ持ってきてくれ。メールは使うな」

「わかりました」

若い捜査員は言い、部屋を飛び出した。

野村は書斎へ向かった。ドアをノックする。

「はい」

「野村です」

「どうぞ」

無愛想な返答が聞こえる。

野村はドアを開け、中へ入った。三笠はソファーに横たわっていた。

野村は中を見回した。

「有島さんは?」

訊くが、三笠は答えない。

「金を用意させているんですね」

野村の言葉に、三笠の眉がかすかに揺れる。

「まあ、それで気が落ち着くなら、好きにしてください」

野村は言いながら、三笠の対面のソファーに腰かけた。

「お嬢さんの消息が少しわかりました」

「本当か!」

三笠ががばっと起き上がる。

「どこだ!　千尋はどこにいる!」

「奥多摩町で目撃されました。ですがその後、身代金を要求してきた犯人グループの何者かに連れ去られたようです。若い男性も一緒だったとの報告もありました」

「千尋……」

三笠はうなだれ、頭を掻きむしった。

「ともあれ、生存は確認できました。あとは救出するだけです。今、二人を連れ去った車を手配していますが、おそらくそこでは確保できないでしょう。チャンスがあるとすれば、身代金を受け渡す時、あるいは、我々が先に千尋さんの居所をつかんだ時くらいでしょう。三笠さん、犯人が言っていた〝ある一時期、夢を持った若者たちと過ごした空間〟という場所、もしくはその意味を思い出せませんか？」

「わからん」

「三笠さん！」

「本当にわからんのだ！　私は若い連中と夢など語ったことはない！」

三笠が顔を上げ、野村を睨む。

「あなたに夢はなかったんですか？」

「そんなものあるか。夢でメシは食えない。しいて言うなら、何不自由なく暮らせるほどの金が欲しかったくらいだ」

「もう、手に入れているじゃないですか」

「まだ足りない。こんな程度じゃ、一晩で吹き飛ぶ。私は何度も経験している」

「あなたの過去は存じている。しかし、あなたがただ単に金だけを追い求めたとも、私には思えんのだ」

「買い被るな。守銭奴《しゅせんど》扱いしておけ」

「いや、そうではなくてね。ただの守銭奴なら、娘さんのために三十億を用意しようなどとは思わない。三笠さん。あなた、家族が欲しかったんじゃないですか？　家族との平穏な暮らしが欲しかった。それが夢ではなかったんですか?」

　野村は言った。

　三笠は顔を背け、押し黙る。

「春子さんは残念ながら亡くなった。しかし、娘さんは生きている。これからは娘さんのために静かに生きてはどうです? 二人で生きていくには十分な蓄財はあるはずだ」

「もう遅いよ。娘は私を恨んでいる。幼少期に受けた傷は一生拭えない。私も同じだ。その傷に突き動かされた。ただな、野村。嫌われようが、私は千尋の親だ。唯一無二の肉親だ。何があっても、千尋がどう思おうが、私の全力をもって救い出す」

　三笠が野村を正視した。そこには、娘の身を案ずる父の顔があった。

「その思い、きっと伝わりますよ」

　野村は微笑んだ。

「慰めはよせ」

　三笠は顔を背けた。

　ドアがノックされた。

「野村さんはいますか?」

「ここだ」

　声をかけると、若い捜査員が入ってきた。

「失礼します。目撃証言のデータを入手しました。プリントアウトしますか?」

「そうだな。ついでに、コーヒーを二杯、持ってきてくれ」

「わかりました」

若い捜査員が部屋を出る。

「仕事だろう? 下に行かなくていいのか」

「ここでも仕事はできます。コーヒーの一杯くらい、付き合ってください」

「好きにしろ」

三笠はソファーに深くもたれた。

少しして、若い捜査員がプリントした証言内容とコーヒーカップを二つ持って戻ってきた。

カップをテーブルに置き、プリントを野村に手渡す。

「ありがとう」

野村が言うと、若い捜査員は出て行った。入れ替わりに、澪が入ってきた。

「おかえりなさい」

野村が言う。澪は一瞬、表情を硬くした。

「心配いりません。あなたが身代金の手配をしていたとしても、私は何も言いませんから」

野村は微笑み、プリントに目を通した。

澪は三笠に近づいた。三笠は澪を見て、小さく顔を横に振った。カップに手を伸ばし、コーヒーを飲む。

野村は二人の様子を一瞥《いちべつ》しつつ、プリントを読み進めた。

通報した老女は千尋の名前を覚えていた。千尋が男性を〝尚ちゃん〟と呼んでいたとも記されている。尚ということは、松川尚人に間違いないだろう。

老女の家には千尋の制服が残されていた。所轄が回収し、確認したところ、聖林女子学園の制服だとわかった。

老女は、松川の電話の会話もところどころ覚えていた。

その内容を見ていた野村の目が険しくなった。

「まさか……」

つぶやきを耳にし、三笠と澪が目を向ける。

同じ部分を何度か読み返し、目頭を指で揉んで、深く息をついた。ゆっくりと顔を上げ、三笠を見つめる。

「……なんだ？」

三笠は、野村の様子に戸惑った。

「三笠さん。この名前に覚えはありますか？」

野村は三笠を見据えた。

「西崎」

口にした途端、三笠が双眸を見開いた。澪も驚いて、目を見張る。

「松川は電話で、相手に〝西崎〟と怒鳴っていたそうだ。夢を持った若者たちとは、フレンドシップのことかもしれませんな」

「何を今さら……。西崎は死んだ！」

三笠の黒目が泳ぐ。動揺を抑えようとコーヒーを流し込んだ。口の端からあふれる。

「西崎には確か、弟がいたはず。有島さん、あなたも旧フレンドシップの出身だ。知っていますね？」

「はい。賢司さんの弟は徹也さんです」

「待て、野村。千尋の誘拐は、フレンドシップの一件が原因と言いたいのか？」

「西崎賢司の弟が動いているとすれば、それも十分あり得ます」

「バカな！　十年も前の話だ！　今さら、逆恨みというわけでもあるまい！」

「逆恨みされるような何かがあったのでは？」

野村が訊く。

三笠は野村を睨みつけた。

「貴様、まだ私が西崎を陥《おとし》いれたと思っているのか！」

「疑いは晴れていません。しかし、今、その件はどうでもいい」

「よくない！　貴様も西崎の弟も！」

三笠はテーブルを叩いて立ち上がった。

デスクの方へ歩く。後ろの書棚の下の扉を開く。奥に金庫があった。三笠はダイヤルキーを回し、金庫を開いた。

中から、少し色が褪せた封筒を手に取った。金庫を閉め、ソファーに戻る。

「読んでみろ」

三笠は封筒を投げつけた。

野村は封筒を手に取った。裏には住所書きはないが、西崎賢司の名があった。

中を出してみる。便箋三枚ほどの手紙だ。几帳面な字で、縦書きに文字を連ねている。

そこには、西崎が粉飾決算に至った理由が手書きで記されていた。

西崎賢司は、当時、会社の急成長を受けて、売却も考えていた。より大きな組織を作るためだ。

売却先の選定も進めていたが、ネックとなったのは、三笠が所持している三十三パーセントの株式だった。

三笠に議決権がある以上、会社は売却できないのも同然だ。

というのも、西崎は何度か、会社の売却を三笠に相談していた。

三笠の答えは、いつもノーだった。

理由は一つ。育てた会社は、一つの家のようなものだから、大事にしなければならないという理念が三笠にはあったからだ。

借金、あるいはＴＯＢで、倒産や乗っ取りを経験していた三笠は、Ｍ＆Ａに関する提案はことごとく拒否をした。

そこで西崎は会計士を抱き込み、粉飾決算を行なった。株価が高騰すれば、三笠が株式の売却に応ずると踏んだからだ。

しかし、それでも三笠は応じなかった。業《ごう》を煮やした西崎は、三笠以外の者が保有する株を買い集め、三笠も知らないうちに投資会社へ売り払った。その会社が三笠の前にも現われ、株を売るよう迫った。

三笠は西崎を怒鳴りつけた。しかし、他七割近くの株式を持っていかれた以上、三笠の議決権だけでは太刀打ちできない。

三笠は利益確保と今後の活動資金確保のため、渋々全株式を売却した。

西崎は、手持ちの株を売却した後もフレンドシップのCEOとして残っていた。売却条件は全社員の移籍も含むとなっていたためだ。

その後、投資会社がさらに値を吊り上げ、フレンドシップの名は世間に知れ渡り始め、西崎賢司は時代の寵児ともてはやされるようになった。

その時、フレンドシップを買い取った投資会社は、西崎に相談なく、株式の転売を決め、実施した。

オーナーが替わった際、新しい監査が入った。そこで、粉飾決算が発覚した。

粉飾は西崎だけでなく、フレンドシップの株を買い取った投資会社の側でも行なわれていて、発覚した頃には、何の根拠もない数字が躍っているような杜撰《ずさん》な決算書になっていた。

東京地検に摘発されると同時に、フレンドシップの株式は二束三文となった。

西崎からの手紙は、逮捕される直前のものだった。

手紙の最後には、こう記されている。

〈三笠さんの言う通り、僕が仲間と育てたフレンドシップという家族を大切にしておけばよかったと、今さらながら後悔しています。しかし、僕にはもうできることはなくなりました。裏切っておきながらこんなお願いをするのも不躾《ぶしつけ》とは思いますが、僕がいなくなった後、フレンドシップの社員だけは、なんとか三笠さんの手で守ってあげてもらえませんか。僕が家族にできる最後のことです。どうかどうかよろしくお願いします〉

悲痛な叫びが伝わってくるようだった。

三笠は西崎に連絡を取ろうとしたが、その手紙が届く前に、西崎は自ら命を絶っていた。

「なぜこれを、十年前に出さなかったんだ」

「西崎賢司はカリスマだ。そいつが、つまらない小細工をしていたと知れば、付いてきた者たちはどうなる？　裏切られたという思いだけを抱え、この先、何も信用できずに生きていくことになる。西崎はつまらない真似はしたが、生来まっすぐで生真面目で才能もある男だった。だが、金に呑み込まれた。大金を得るには、あいつはまだ若く、経験も不足していた。そうさせた一端は、私にもある。経営判断は西崎の問題だが、そこまで押し上げたのは私だ。責任は感じていた。だからせめて、西崎のイメージだけは守ってやろうと思ったんだ。しかし、その親心も裏目に出たようだな。どうも、私のすることは金儲け以外、うまくはいかないようだ」

三笠が自嘲する。

「この手紙、預からせてもらってもよろしいですか？」

「好きにしてくれ。今、私に必要なのは千尋だけだ」

「必ず、助け出してみせますよ」

野村はそう言うと、ソファーを立った。

4

青井は指定された場所に松川と千尋を連れて行き、その足でAZソリューションのオフィスに赴いた。

青井が社屋に着いた時には、主立った幹部は全員社長室へ集められていた。一般社員はいない。デスクに並んでいたパソコンや書類を詰めていたケースもない。

AZソリューションのオフィスはがらんどうになり、閑散としていた。

奥の社長室のデスクには西崎徹也が座っていた。その横に郷原が立っている。

青井は西崎のデスクの前に歩み寄った。

「例の場所に、松川と三笠千尋を監禁しました。最小限の二名で見張らせています。上田も松川たちの隣の部屋へ移しました。状態が良くないので医師と看護師をつけていますが、怒鳴りたがるのでベッドに拘束して、猿ぐつわはしています」

「ご苦労。そっちに並んでくれ」

列先頭の真ん中を手で指す。

幹部たちが場所を空ける。青井はその場所に歩み、振り返って西崎を見た。

「これで全員揃ったな。では、これより大事な話をする」

西崎は指を組んだ手をデスクに置いた。一同を見回し、青井で目を留める。

「本日をもって、ＡＺソリューションは解散する」

西崎が言った。

幹部たちがざわついた。青井はまっすぐ西崎を見つめた。

「社長、どういうことですか？」

青井が訊く。

「聞いての通りだ。本日でＡＺソリューションは終わり。君たちには、一般社員を伴い、新しい会社を設立してほしい」

「社長！　私はフレンドシップ時代から、あなたについてきた。これからも社長と共に歩みます」

青井の隣にいた幹部が言う。

「俺もだ！」

「僕もついていきます！」

幹部たちが次々と口を開く。

西崎は一同に微笑みかけた。

「ありがとう。だが、ここから先、君たちを付き合わせるわけにはいかない。郷原」

西崎が肩越しに横を見る。

郷原は足下に置いていたジュラルミンケースを持ち上げた。デスクに置き、蓋を開く。

帯封の付いた一万円札の束がぎっしりと詰まっていた。

「青井」

西崎が声をかけた。

「はい」

「七億ある。おまえが代表となり、新しい会社を興して、ここの幹部と一般社員たちを移籍させろ。ＩＴゴロをしない、まっとうなソフトウェア会社を作ってくれ」

西崎はまっすぐ青井を見つめた。青井もしばし見つめ返す。

「わかりました」

青井は深く頷いた。

西崎は微笑んだ。

「話は以上だ。一般社員には会社を解散し、希望者は新会社へ移籍できる旨、通達してある。あとは青井を中心に精進してくれ」

西崎は言い、立ち上がった。デスクに両手を突く。

「みんな。今までこんな俺を支えてくれてありがとう。おまえたちの未来に光あらんことを祈ってる」

西崎は言い、視線を伏せた。

青井を始め、幹部たちはなかなか動かない。

郷原がジュラルミンケースの蓋を閉じ、ケースごと金を青井に渡した。

「もうすぐ、ここに警察が来る。捕まれば元も子もない。奥多摩の件もすべて俺たちに任せておけ。青井、後は頼んだぞ」

「……わかりました。社長、郷原さん。今までありがとうございました。我々が責任をもって、フレンドシップの理念を引き継いでいきますので、ご安心ください」

青井は深々と頭を下げた。

「みんな、社長と郷原さんに挨拶しろ！」

頭を下げたまま、青井が声を張る。

青井の姿を見て、幹部たちは直立し、一斉に腰を折った。青井が顔を上げる。西崎と郷原を交互に見つめると、振り切るように背を向けた。

「みんな、いったん帰宅しろ。今後のことは、後日また改めて連絡する。急げ」

青井が命ずる。

幹部たちも一斉に背を向けた。誰もが一度も振り返ることなく、オフィスを後にした。

静かになった。

郷原が小さく息を吐いた。

「本当にこれでよかったのか、西崎？」

「引き返すには遅すぎる。十年越しだからな」

西崎は自嘲し、立ち上がった。

「俺たちも行こう」

「そうだな」

郷原が微笑む。

郷原が先にオフィスを出る。西崎は後から出て、ドアの鍵を締めた。

少しの間、ガラスの奥にあるオフィスを見つめる。郷原は西崎の背中を見ていた。

西崎は鍵を握り締め、ポケットに手を突っ込み、ＡＺソリューションのオフィスに背を向けた。

5

捜査本部は、西崎徹也が代表を務めているＡＺソリューションの所在地を見つけ、踏み込んだ。

しかし、オフィスは閉じられ、管理人の鍵で中へ入ったが、もぬけの殻だった。

その後、AZソリューションの社員をあたり、西崎の所在を確認しようとしたが、誰もが知らないと答えた。

三笠邸の本部で報告を受けていた野村は、一方で、西崎と思われるガイフォークスの仮面が語った言葉の答えを探していた。

ある一時期、夢を持った若者たちと過ごした空間……。

野村は〝ある一時期〟という言葉に着目していた。

ガイフォークスの仮面の者が西崎、あるいはフレンドシップの関係者なら、おそらく、三笠が彼らと関係していたときのことを指しているのだろう。

しかし、彼らが三笠と仕事場を共にしたという記録はない。

有島澪に訊ねたが、やはり、三笠が彼らと仕事場を共有したことはないという。

仮面の何者かが身代金の受け渡し場所を指定してきて、丸一日が経った。あと四日のうちに場所を特定できなければ、何者かは間違いなく、千尋や松川を殺すだろう。

奥多摩で松川たちを連れ去った車は、山中で発見された。乗り捨てられたようだ。

その後、彼らがどんな車に乗り換え、どこへ向かったのかもわかっていない。

マスコミも聖蹟桜ヶ丘の一件以来、騒ぎ始めていた。が、野村はあえて全面的な報道規制をかけなかった。

マスコミの関心は、先日起こった京王井の頭線での大金奪取騒動と谷岡晋単体の殺人事件に向いている。三笠の件まで及びそうな気配はない。

犯人の指定日時まであと四日。報道規制に動くより、松川たちの所在特定に尽力する方が先だと判断した。

有島澪が部屋から出てきた。連日の泊まり込みと捜査関係者からの監視、千尋の身や三笠の体調を案じての心労、犯人への身代金の手配などから、疲労が蓄積しているようだ。

いつも皺一つなかったスカートスーツは若干くたびれ、髪の艶もやや失われている感じがした。

「有島さん」

野村は声をかけた。

澪は力なく笑みを浮かべ、会釈した。

「コーヒーでもどうですか?」

「ありがとうございます」

澪は言い、野村と共に和室へ向かった。

座卓で向かい合う。若い捜査員がコーヒーを淹れ、座卓に置き、戸を閉めた。

「どうぞ」

「いただきます」

澪はカップを取って両手で包み、コーヒーを少し口に含んだ。こくりと飲み込み、カップを置く。

「お疲れでしょう」

「いえ、社長や野村さんたちに比べれば、たいしたことはありません」

笑顔を作る。が、目尻には青白い疲労が滲んだ。

「有島さん。お疲れのところ申し訳ないが、例の〝ある一時期、夢を持った若者たちと過ごした空間〟という場所、もしくは意味が何か、思いつきましたか？」

「すみません。私もずっと考えていたんですが、思い当たらなくて……」

澪が視線を落とす。

「フレンドシップ時代の写真などはありませんか？」

「うちのパソコンに保存しているものはあると思うんですが」

「見せていただくことは可能ですか？」

「かまいませんけど」

「では、申し訳ないが、これからうちの捜査員といったんお宅に戻って、データだけいただけないだろうか。わからずじまいで、このまま何も手を打てないという事態には陥りたくないので」

「わかりました」

澪が立とうとする。

「あー、コーヒーを飲んでからでかまいませんよ。少しゆっくりしていってください」

野村が止める。澪は微笑み、浮かした腰を戻して、カップを手に取った。

「有島さん、昨日見せてもらった西崎さんからの手紙だけど。もちろん、手紙の存在や内容は知らなかったにしても、西崎さんが粉飾に手を染めていたことをあなたや彼の弟さんは気づいていなかったのですか？」

野村は静かな口調で訊いた。

澪はカップを握った。

「徹也さんは知らなかったと思います。ただ……私は薄々気づいていました。経理関係の仕事も手伝っていたので」

「そうですか」

「粉飾が発覚する一年前の四半期決算だったと思いますが、急に資金繰りが良くなったんです。私は当時投資家でもあった三笠社長が増資したものだと思ったんですが、そうではなくて、会社の時価総額が急激に増えたんです。驚いて調べてみると、株価がほぼ倍増していました。その頃、経営は堅調でしたが、株価が倍増するほどの業績を上げていたわけではありません。気になって、知り合いのトレーダーに訊いてみると、〝仕手〟じゃないかと言われました」

「なるほど。それを聞いて、あなたはどうしたんですか？」

「何もしませんでした。できることはなかった……といったほうが正しいのかもしれません。当時、西崎社長も時代の寵児として取り上げられるようになり、会社の知名度も上がって、社内はお祭り状態でした。徹也さんたちもその勢いに乗って、次々と新たな仕事を企画していました。個人的には危ういものを感じていたんですけど、水を差したくなかったし、もしうまく流れて、もう一つ大きな企業になれば、その時の小さな汚点も掻き消されるんじゃないか……。そんなことも思っていました。けど、やっぱり悪いことはできないんですね。仕手に関わっていた人が一気に株を売り抜けた直後、地検の捜査が入りました。おそらく、仕手筋は情報を得ていたのでしょう。社員たちは、徹也さんも含めて寝耳に水で、そこからは本当に、坂道を転げ落ちるように会社が傾いていきました」

澪はコーヒーを含んだ。ひと息ついて、話を続ける。

「仕方なかったと思うんです。三笠社長も言っていたように、西崎さんは若さと経験不足につけ込まれた。それに気がつかなかったのは、経営者の責任です。ただ、私はもう一度やり直せばいいと思っていました。フレンドシップの根幹はしっかりとした技術力や企画力に裏打ちされていましたから。でも、西崎さんは死んでしまった。あの時、空気に流されず、西崎さんに進言していれば……と今でも悔いています」

「あなたが気を病むことはない」

「三笠社長もそう言ってくれました。けど、もし、私が進言していたら、西崎さんは死なずに済んだんじゃないかと思うと……」

澪は顔をうつむけた。指の背で目尻をそっと拭う。

「あなたも当時の取り調べで、その事実を私たちには話さなかった。三笠さんと同じ理由ですか?」

「私は……どちらかというと、自責の念です。言い出せなかったというのが、本当のところです。でも、それがもしも、徹也さんたちの暴走をも招いたとしたら……」

澪はうつむいた。

「あなたのせいじゃない。あまりご自分を責めないように」

「ありがとうございます」

澪はコーヒーを飲み干した。それに合わせて、野村もカップを空ける。

「では、フレンドシップ時代の画像を取ってきていただいてもよろしいですか」

「はい」

澪と野村は立ち上がった。

和室を出た野村は、若い女性捜査員を呼んだ。事情を説明し、澪との同行を指示する。

「有島さん。これ以上の悲劇は、必ず食い止めます」

「お願いします」

澪は頭を下げ、女性捜査員と屋敷を出た。

6

松川と千尋は、何もない空間に閉じ込められていた。

カーペットを敷いたフロアには、床にコンセントジャックがある。天井の照明は並行に蛍光灯が並んでいる。壁もオフホワイトの無地のものだ。オフィスフロアと思われた。

窓はスクリーンカーテンで覆われていた。硬い布地のもので、表から見ると吊り下げているように見えるだろうが、内側は固定され、上げ下げだけでなく隙間を空けることすらできないよう、施工されていた。

ここへ来てからは、拘束されることもなかった。松川は何度か窓の破壊を試みたが、まったく歯が立たなかった。

どこへ連れてこられたのかもわからない。

奥多摩の山中でミニバンから青井の仲間が二人待機する別のミニバンに乗せ替えられ、その後、目隠しをされた。そのまま他人の喧噪《けんそう》が聞こえる空間を抜け、エレベーターに乗って静かなフロアに降り、部屋へ入ったところで目隠しを外された。

目隠しされた男女が連れ歩かれていること自体、周りが不審がるのではないかと思ったが、青井たちは撮影機材を持ち、クルーを気取っていた。

そんな細工で通れるものなのかとも思うが、実際に松川たちは部屋へ運ばれていた。

ただ、都会に戻ってきたことはわかった。おそらく、都心のビルのどこかであろうことは推察していた。

千尋は部屋の壁にもたれて体育座りをし、膝を抱えていた。

「私たち、どうなるのかな……」

刻々と変化する状況に、千尋は疲れた様子だった。

「大丈夫、君だけは助けるから」

「それ、やめて。尚ちゃんも助かって」

「わかった。僕も生き残るよ」

笑顔を向ける。

不意にロックが解除された。ドアが開く。松川は千尋の脇に行き、屈んだ。千尋が松川に身を寄せる。

郷原が入ってきた。その後ろから、西崎がゆっくりと入ってくる。

「そうビビるな。何もしない」

西崎は松川たちの前に座り、胡坐《あぐら》をかいた。その横に郷原も腰を下ろし、胡坐をかく。

「ここからは、俺たち四人だけだ。あと四日で、すべてのカタが付く」

西崎が言った。

「四人とはどういうことだ？　洋介は？」

「おお、忘れていた。心配するな。傷ついてはいるが、医者と看護師を付けて、治療をしている。すべてが終われば、解放する」

「信じられない」

千尋が睨む。

「あんたたち、晋ちゃんを殺したじゃない！」

怒鳴った途端、涙があふれた。

「すまなかった」

西崎は太腿に両手をついて、深々と頭を下げた。郷原も同様に頭を下げる。

松川と千尋は、多少面食らった。

西崎は顔を上げ、二人に目を向けた。

「高坂には制裁を加えた。矢萩はすべてが片づいた後、警察に差し出す。むろん、我々も彼を死なせてしまった責任から逃れるつもりはない」

「どうするつもりだ?」

松川が訊いた。

「おまえたちの前から消えるよ。永遠に」

西崎が微笑んだ。郷原も顔を上げ、同じように笑みを滲ませる。

「あなたたちは何が目的なんだ……」

「すぐにわかる」

西崎が立ち上がった。

「食事は郷原が運ぶ。布団はないが、あとで寝袋を持ってくる。退屈だろうが、あと少し我慢してくれ。拘束はしない。ただ、騒がれるのは困る。頼むから、逃げようとしたり、騒ぎを起こそうとしたりしないでくれ。俺も郷原も、もう君たちに危害を加えるつもりはさらさらないが、ここまで来て邪魔をされれば手段は選べない。あと数日、君たちがおとなしくしていてくれれば、無傷で解放することを約束する」

「保証は？」

「信じてもらうしかない」

西崎はそう言い、郷原と共に部屋を出た。

静かになる。

「どうする？」

千尋が訊いた。

「とりあえず、おとなしくしていよう。前の監禁場所と同じだ。部屋の外に何人いるのかわからないし、西崎まで出てきたということは、何かが始まるのは間違いない。ヘタに動けば、また不測の事態が起こりかねない」

松川は谷岡のことを思い出し、言葉に詰まった。千尋もうつむく。

「洋介もケガをしたと言っていたけど、どこにいるのかわからないし。ともかく、彼らが動き出すまで、体を休めよう」

松川の言葉に、千尋は力なく頷いた。

松川は千尋の肩を抱いた。千尋は体を傾け、松川の胸元に頭を置いた。

励ますように千尋の肩を握る。松川は自分の中にくすぶる不安を押し込めた。

7

二時間ほどで三笠邸に澪が戻ってきた。

野村はノートパソコンに澪が持ってきた画像データを取り込み、一枚ずつ写真を見た。学生の頃の写真からＭＩＫＡＳＡで働いている頃の写真まで、澪のプライベートがモニターに映し出される。

野村の横には澪が座っていた。時折、写真を見て、懐かしそうに目を細める。

野村はフレンドシップ時代の写真を入念に確かめた。西崎賢司社長を始め、彼の弟や従業員、澪も屈託のない笑顔を見せている。まさに、〝夢に向かって歩んでいる若者たち〟そのものだった。

野村がモニターに顔を近づける。

何かのパーティーの写真だ。

壁際にビュッフェが並び、ところどころに円卓が並んでいる。

会場内ではラフな格好をした若者たちが、飲み物のグラスや料理を載せた皿を手に談笑していた。

「有島さん、これは？」

野村が指を差した。

澪が覗き込む。

「ああ、これはフレンドシップがマザーズに上場することが決まって、そのお祝いに開いたパーティーです」

澪が言う。

野村はゆっくりと写真を見ていく。その手が止まった。

集合写真だった。五、六十名の若者が西崎賢司を中心に並んでいた。その右隅を見る。若者の陰に隠れるように三笠の姿があった。

「有島さん、このパーティーに三笠さんも参加していたんですか?」

「はい。三笠社長は最大の投資家でしたので、お呼びしました」

「ここはどこです?」

「東京オペラシティ最上階のスカイバンケットです」

「この時の雰囲気はどうでしたか?」

「盛り上がっていました。念願の株式上場だったので。このまま一気に東証一部を目指そうと誰もが口にしていました。私はそんなに簡単なものじゃないと思ってましたけど、それでもその時はいけるんじゃないかと期待もしていました。結果、粉飾でその夢も潰《つい》えるわけですが……」

「ある一時期、夢を持った若者、過ごした空間……」

野村はぶつくさと口ごもると、不意に立ち上がった。

部屋を出て、若い捜査員を呼び寄せる。

「なんでしょう?」

「四日後、午後六時からのオペラシティ最上階のスカイバンケットの予約状況を調べてくれ」

「わかりました」

捜査員がその場を去る。

澪が追ってきた。

「どうしました?」

「今のところ、私の推測ですが……」

野村は答え、そのまま口を閉じた。

五分ほど、野村と澪はその場に立っていた。捜査員が戻ってくる。

「野村さん。四日後の午後六時、友夢会という団体が宴会予約をしているそうです」

捜査員の言葉を聞き、澪が瞳を開いた。

野村が気づく。

「有島さん」

「友夢会は、賢司さんが大学時代に作ったソフト開発のサークルです」

澪が言う。

野村の顔が険しくなる。

「予約者名は？」

「郷原浩紀という人ですね。五十名ほどのビュッフェ形式で予約しているようです」

「郷原さんというのは、西崎社長の後輩で、弟の徹也さんとも仲の良かった人です」

澪は言った。

「確か、AZソリューションの役員にも名を連ねていたな」

野村は東原のいるデスクに駆け寄った。澪も続く。

「セイさん、ガイフォークスの正体と彼らが指定してきた取引場所がわかった」

「ホントか！」

東原は思わず立ち上がった。周りの捜査員たちも色めき立っていた。

「ガイフォークスの正体は西崎徹也、もしくは郷原浩紀。両者ということも考えられる」

「AZソリューションの代表と副代表か。ヤツら、ITゴロを生業《なりわい》にしていたみたいだからな。であれば、ここのIoTを乗っ取ったことも合点が行く」

東原が頷く。

「彼らは死亡した西崎賢司と共に、フレンドシップの東証マザーズ上場の際、オペラシティ最上階のバンケットで祝宴を開いている。そこに三笠も参加していた。そのバンケットに四日後の午後六時、郷原の名で予約が入っていた」

野村の話に、周囲がざわめいた。

「まず、ここで間違いないだろう」

「そのようだな」

東原が腕を組む。

電話で問い合わせた若い捜査員が横から入ってきた。

「野村さん。しかし、四日後の予約は五十名です。そんなに人が集まる場所で取引を行なうということですか？」

「おそらく、最少の人数しか来ないのではないかな。五十名というのは、当時、祝宴を開いた時の人数だ。彼らのメッセージの一つかもしれん。もし、五十名集まるとしたら、それはみな西崎の手下だと考えられる。そうなった時は厄介だな」

「的を絞るか？」

「そうだな。時間がない。オペラシティ内外に捜査員を派遣してくれ。ただし、監視のみだ。我々が動き回っていることがわかれば、彼らが動きを変えるかもしれん。人質の身にも危険が及ぶ。出方を見て、有事に備えよう」

「わかった。みんな、集まってくれ」

東原は捜査員を呼び集めた。デスクの周りに捜査員たちが集まる。

野村は人混みを抜け、二階へ上がった。澪も後を追う。野村は書斎のドアをノックして、中へ入った。

「今度はなんだ」

気だるそうに体を起こす。

「ガイフォークスの正体がわかりましたよ」

野村は向かいに座った。

「西崎徹也です」

名を聞き、三笠は両眼を見開いた。

「私怨か……」

三笠の言葉に、野村が頷く。

三笠は両肘を太腿に置き、手を組んで肩を落とした。

「フレンドシップの事業と従業員を我が社へ引き抜く時、彼らには賢司君の手紙を見せておくべきだったのかもしれないな」

三笠が深いため息をつく。

「確かにあの頃、あなたが西崎賢司からの手紙を公表していれば、彼らは勘違いせず、私もその後、事件を追うこともなかった。しかし、すべてはもう過去のこと。今は、彼らの怒りや誤解を解き、娘さんを救い出すことが最優先事項です。当日、彼らは必ず、あなたとの接見を要求してきます。その時、一緒に行ってくれますか？」

野村が訊いた。

「彼らを説得できるのは、あなただけだ。私も同行します。あなたのことは全力で守ります」

野村は強く言い切った。

三笠は大きく息を吐き、やおら上体を起こした。まっすぐ野村を見つめる。

「すべては私が原因だ。私が決着を付ける」

三笠が言う。迷いはなかった。

「万全の態勢を整えます」

野村は立ち上がった。

8

静寂の時が流れ、四日後の正午を迎えた。野村や東原、複数の捜査員は、三笠の書斎にいた。犯人がなんらかのコンタクトを取ってくるはずだとみていたからだ。

はたして、正午を回った頃、再び三笠邸の回線がジャックされた。

ガイフォークスの仮面がテレビやパソコンの画面を埋め尽くした。

——当局のみなさん、ご苦労様です。

ボイスチェンジャーで加工された声が屋敷内に響く。

野村はパソコンのモニターを見据え、声をかけた。

「小細工はよせ。正体はわかっている、西崎徹也」

そう言い切る。

相手はしばし沈黙をした。そして、モニターの画面がゆらゆらと揺れ、モザイクがかかったかと思うと、画面が切り替わった。

細面《ほそおもて》の青年の顔が映る。

「徹也さん！」

澪が声を上げた。

——有島さん、久しぶりだね。三笠社長、ご無沙汰しております。

「貴様……千尋をすぐに返せ！」

——まあまあ、落ち着いてください。お嬢さんなら、この通り。無事ですよ。

カメラが動く。

無地の部屋の隅で椅子に括りつけられている千尋の姿があった。猿ぐつわを嚙《か》まされた千尋は呻《うめ》き、もがいていた。

「千尋！　千尋！」

三笠はモニターをわしづかみにし、声を張り上げた。

すぐにカメラは西崎の顔に戻った。

——見ての通りだ。あなた方が俺の言う通りに動けば、お嬢さんは無傷で解放する。

「松川はどうした！　上田は！」

野村が怒鳴る。

——ほお、そこまで調べが付いていましたか。日本の警察もたいしたものだ。ということは、我々の居場所も特定されているということですね。

西崎は動じる様子もなく話す。

――彼らも無事ですよ。元気とは言えないが、彼らもまた、あなた方が邪魔をしなければ、殺しはしません。さて。

カメラが引いた。西崎の全身が映る。

スーツ姿の西崎は脚を組み、指を組んだ手を太腿に置いて、パイプ椅子にもたれていた。

――三十億の現金は用意できたかな？

「用意したわ」

澪がモニターを睨みつける。

――そう怖い顔をしないでください、有島さん。

「誰がそうさせてるの！」

――怒るとせっかくの美貌が台なしだ。

西崎は片笑みを見せた。

――用意できたのなら結構。現金をワゴンに載せ、オペラシティ地下の駐車場に午後五時までに置いてください。中身を確認し、無事に俺の仲間が運び出せれば、その後、お嬢さんたちを解放します。

「逃げられんぞ」

野村が言う。

——俺は逃げる気はない。

西崎がカメラを睨み据えた。

「何を考えている……」

——後にわかることです。ちょうどいい。ワゴンの運転手は有島さんにお願いしましょう。停車後は仲間が来るまで、車内で待機しておいてください。あなた……確か、野村さんでしたね。あなたは午後六時に三笠さんと共に最上階のスカイバンケットへ。二人で来てくださいね。他の人たちは招待しませんので。招待者ではない人を見かけたら。

西崎は立ち上がった。スラックスのポケットからバタフライナイフを取り出し、刃を振り出す。

カメラが西崎を追う。西崎は、千尋に近づいた。背後に回り込む。

——当局の方々がすでに捜査員を配備していることはオペラシティの監視カメラで確認しています。今すぐ撤収してください。工作を続けると、こうなりますよ。

西崎はいきなり、千尋の背中を刺した。

千尋が呻き、目を剝《む》く。

西崎が上げた手は、鮮血で真っ赤に染まっていた。

「千尋！」

三笠が悲鳴のような声を上げた。

――俺は本気ですから。

そこで映像と音声が途切れた。

誰もが息を呑み、押し黙った。

三笠が両膝を落とした。

東原が野村に歩み寄った。

「まずいな、ノムさん……」

「うむ……。セイさん、配備を解除し、捜査員をここや警察署に戻して待機させておいてくれ」

「三笠さんと二人で行くつもりか？」

「そうするしかないだろう。今、ヤツを刺激すれば、娘さんだけでなく、松川や上田も殺しかねない」

野村は三笠に歩み寄った。肩に手を置き、強く握る。

「三笠さん。娘さんを救うには我々二人で出向くしかない。よろしいですね」

野村が問う。

三笠は、野村を直視した。

「もちろんだ」

決意が漲る。

野村は三笠を見つめ、強く頷いた。

「現金を載せせたワゴンの追跡、西崎が逃亡した時の追尾に覆面を待機させておいてくれ。オペラシティ内は、私が全責任を持つ」

東原に言う。

「わかった。気をつけてな」

東原は二の腕をポンと叩くと、さっそく手配に取りかかった。

「有島さんにも危険を背負わせることになるが、頼みます」

野村が頭を下げる。

「千尋ちゃんのためですから」

澪は気丈に微笑み、頷き、三笠に目を向けた。三笠も座ったまま、頭を下げた。

「では、諸君！　人命が第一だ。慎重に事に当たってくれ」

野村が檄《げき》を飛ばした。

捜査員は一斉に返事をし、持ち場へ走った。

9

澪は、野村たちが用意したバンに乗り、ＭＩＫＡＳＡの主要取引銀行へ赴いた。

一箱三億円の新札を詰めた段ボール箱を十箱、後部荷室に載せる。三百キロを超える重量に車体が沈む。

澪はそのまま車を出し、午後五時少し前にオペラシティの地下駐車場へ入った。

駐車場枠の指示はなかった。適当なところに車を停める。エンジンを切り、何者かを待った。

フロントガラス越しに人通りを確かめる。バックミラーやサイドミラーにも頻繁に目を向ける。

たまに人が通りかかると、どきっとして凝視した。しかし、何者かは来ない。

五分、十分と、じりじりとした時間が静寂の中、過ぎていく。

二十分を過ぎた時、不意に助手席側の窓の外に人影が現われた。びくりとして身を強ばらせる。

ドアがノックされた。澪はロックを解除した。男が乗り込んできた。

「郷原さん」

澪が目を見開く。

「時間がない。これを」

郷原は赤丸を記した地図とタバコサイズの黒い機械を渡した。

「ここへ行け。話は付いている。甲州街道に出たら、このボックスのスイッチを入れろ。GPS電波の妨害装置だ。このバンか金を入れた箱には、探知機が付けられているはずだ。その電波を遮断できる。スイッチを入れれば、カーナビも使えない。地図を見て、現場まで行ってくれ」

「あなたは？　徹也さんと千尋ちゃんは？」

「俺も西崎も残る。心配するな。娘は殺さない。じゃあな」

郷原はドアを開け、車外に出た。

「待って！」

澪は呼び止めた。しかし、郷原は素早く駐車場から姿を消した。

澪はしばしハンドルを握り、手元を見つめた。口元にうっすらと笑みが浮かぶ。が、すぐ噛み殺し、エンジンをかけて車を出した。


「東原さん！　有島さんの乗った車が動き始めました！」

捜査員の声が響く。

東原は駆け寄り、モニターを覗き込んだ。オペラシティから出た車は、甲州街道を西へ進み始めた。

「電波を見失うな！　吉祥寺、三鷹近辺で待機している車輌に出動待機の要請を！」

「はい！」

近くにいた若い捜査員が返事をする。

東原は、スマートフォンを出した。野村に連絡を入れる。

「ノムさん、有島さんが動いた。犯人との接触があったようだ」

——わかった。追尾をよろしく。

「そっちも気をつけ――」

電話を切ろうとする。

「東原さん！　電波が消えました！」

「なんだと！」

モニターを覗き込む。先ほどまで点滅していた受信電波が忽然《こつぜん》と消えていた。

「明大前から桜上水までの間で待機している覆面車輌を急ぎ現場へ向かわせろ！　笹塚《ささづか》近辺で待機中の者は、急いで当該車輌の確認を！」

――どうした！

野村の声がスマートフォンから響く。東原はスマホを耳に当てた。

「電波が妨害されている！　バンを見失った！」

――探してくれ。我々は西崎の下へ向かう。

「こっちは任せろ」

東原は電話を切った。

「全員、バンの捜索に当たれ！」

「はい！」

捜査員たちが屋敷を飛び出していった。

「GPS電波そのものを妨害するとはな」

東原はモニターを睨み、歯噛みした。

澪は笹塚出張所前交差点を左折し、中野通りを南下し、大山《おおやま》交差点を右折してすぐ脇道に入る。

郷原の地図に記された通り、コンテナを載せたトラックが待っていた。

澪はトラックの後ろで停まり、三回パッシングをした。

男が降りてきた。運転席の脇に立つ。澪は窓を開け、地図を差し出した。

男は地図を裏返した。書かれている文言を見て頷き、コンテナの後ろ扉を開ける。アームリフトが降りてくる。

男が誘導した。澪はゆっくりと接地されたアームに両輪を載せた。油圧のアームが上がり、コンテナの底と並行になる。

澪は徐行し、コンテナの中に車を収めた。エンジンを切る。男は周囲を見回し、ドアを閉じた。コンテナ内の明かりを点ける。

澪は運転席を降り、車外に出た。

「金は？」

男が訊く。

澪は目で、荷室を指した。

男はバックドアを開き、段ボールの封を開けた。中に詰められた札束を取り出し、ぺらぺらとめくる。カーゴパンツのポケットからブラックライトを取り出し、紙幣に当てる。

男はいくつかの箱からランダムに札束を取り出し、同様の確認を行なった。

頷き、札束を段ボールに放る。

男は別のポケットからカードと暗証番号などを書いた紙を取り出した。澪に手渡す。

澪は運転席に戻った。タブレットを取り、いったん妨害電波発信機を止める。素早く海外の銀行にアクセスし、口座番号とパスワードを入力して、口座残高を確認した。

にやりとし、すぐさまログアウトして、再び装置のスイッチを入れる。

「ありがとう」

澪は右手を伸ばした。男が片笑みを見せ、握手をする。

「一瞬だけ、妨害装置を解除したわ。すぐに警察が来る」

「問題ない。他の仲間は？」

「あら。私に仲間なんていないけど？」

「怖い女だな。送っていこうか？」

「結構よ」

澪は眼鏡を外し、束ねていた髪を解いた。長い髪を手で梳《す》き上げる。スーツを脱ぎ、アンダーボックスに隠していたジーンズとジャンパーを取り出し、素早く着替えた。

コンテナのドア口まで歩く。男がドアを開ける。

澪が外に出ると、男はすぐさまドアを閉めた。まもなく、トラックが動き出す。

澪はトラックのテールランプを少しだけ見送り、背を向け、サングラスをかけると、街中へ姿を消した。

10

松川は死んだように眠っていた。

上田を診ていた医師が松川の治療もした。傷はずいぶんと良くなった。郷原が持ってきたウェットシートで体を拭き、服も着替えていた。食事も三食、運ばれてくる。ただ、疲労感は拭えない。どれほど寝ても、体が鉛のように重かった。

千尋も同じだった。何を話すわけでもなく、松川と同様、寝たり起きたりを繰り返していた。

ドアが開いた。西崎と郷原が入ってくる。松川と千尋は横になったまま、一瞥するだけだった。

「疲れているところ申し訳ないが、そろそろ起きてもらおうか」

西崎が言う。

松川と千尋は気だるそうに体を起こした。

「今日で、ここでの生活は終わりだ。娘は一緒に来てもらう」

西崎が郷原を見た。郷原は千尋に歩み寄った。千尋は怯えた様子で松川の後ろに隠れる。

松川は盾となり、西崎と郷原を睨んだ。

「心配するな。騒がなければ、手荒な真似はしない」

西崎が言う。

「素直に従え。俺も暴力を振るうつもりはない」

郷原が松川の後ろに回ろうとする。

松川は立ち上がり、行く手を塞いだ。瞬間、郷原の拳が腹部を抉《えぐ》った。

松川は呻いて目を剝き、腹を押さえて頽《くずお》れた。

「何するの！」

千尋が松川の肩を抱く。

「邪魔するからだ」

郷原は千尋の腕をつかみ、立たせた。

「いや！　離して！」

千尋は抗《あらが》った。郷原は右手の甲で千尋の頰を打った。千尋の頭が揺れ、体から力が抜ける。

郷原は千尋の脇に肩を通し、ドア口へ向かった。

「待て！」

松川は郷原の脚をつかもうと腕を伸ばした。西崎が松川の腕を踏みつける。

「邪魔をするなと言っただろう。娘に手出しはしない。この四日間、拘束もしない、食事は提供する、危害は加えないという約束は守った。俺たちは無法者じゃない。信じるべきものは信じろ。でなければ、事を見誤る」

「信じられるか！」

「聞き分けのないガキだな」

西崎が顔面を蹴った。

松川は仰向けにひっくり返った。脳みそが揺らぎ、体が動かない。

「おまえたちにもう用はない。上田は隣の部屋にいる。鍵は開けておいてやるから、ここから消えろ。警察に連絡をしても無駄だ。動けないよう、俺たちが手を打ったからな。賢い選択をしろ」

西崎はそう言い、松川から離れた。

「ま……て……」

声を絞り出すが、西崎には届かない。

松川の視界から、西崎は消えた。

11

午後六時五分前になった。サンクンガーデンにいた野村と三笠は、エレベーターで最上階へ上がった。

静かなフロアだった。西側正面の入口へ向かう。扉の前には〈友夢会同窓会会場〉という看板が立っていた。

ドアを押し開く。

「ようこそ、お二方《ふたかた》」

西崎がいた。

広いフロアにテーブルはなかった。窓際に椅子だけが並んでいる。

左右の壁際には、誰も手を付けることのない料理が湯気を立ち上らせていた。向かって右手に従業員の出入口があるが、誰もいなかった。

西崎は立っていた。左手には包帯を巻いている。その前の椅子には、縛られた千尋がいた。

「お父さん！」

「千尋！」

三笠が駆け寄ろうとした。

と、いきなり後ろから首に腕を巻かれた。

「宴会はまだ始まっていませんよ、お客さん」

郷原だった。

手に持ったナイフの刃を喉仏に当てる。野村を一瞥して、牽制した。

「松川と上田はどうした？」

　野村が訊く。

「彼らは解放しました。捕まえるなら、急がせた方がいい。姿を晦《くら》ましますよ」

　西崎はにやりとし、三笠に顔を向けた。

「ようやくこの日を迎えました、三笠さん。十年かかりました」

「おまえ、何がしたいんだ！」

　三笠が怒鳴る。

「兄貴の無念を晴らすのみ」

　西崎が後ろから千尋の首筋にナイフを当てる。千尋は身を竦《すく》ませた。

「三十億という数字、何かわかるか？　おまえが兄貴を追い込んだ粉飾の額だ。おまえは裏で仕手戦を仕掛け、フレンドシップを二束三文の価値にして、奪い取った。兄貴が心血注いだ会社をおまえが壊し、奪ったんだ。兄貴の命もな」

　声が上擦る。高揚する西崎の手に力がこもる。

「違う！　おまえは誤解をしている！」

「今さら、何を言おうと無駄だ。証拠は握っている」

「なんだ、その証拠というのは！　でたらめだ！」

　三笠はスーツの内ポケットに手を入れた。

　郷原が首にかけていた腕で絞め上げる。

「ま……待て」

「待ってやれ、郷原。武器を出すわけじゃない」

野村が言う。

郷原は少しだけ腕の力を弛《ゆる》めた。

三笠は内ポケットから西崎賢司の手紙を取り出した。それを西崎の方に投げる。

「読んでみろ。賢司君からの手紙だ」

三笠が言う。

西崎は椅子から離れ、手紙を拾った。すぐに元の位置へ戻り、手紙を出し、広げる。目を通す。

「それが真実だ」

野村が言う。

西崎は淡々とした表情で読み進めた。ある一文に目を留め、顔を上げ片笑みを覗かせ、最後まで読み終わると、手紙を放り投げた。

「こんな細工までして、身の潔白を図りたいのか?」

「細工じゃない！　本当に賢司君から送られてきた手紙なんだ！」

「どこまでも性根の腐った男だな、おまえは……」

西崎がポケットに手を入れた。ＩＣレコーダーを取り出す。掲げたまま、再生ボタンを押した。

男の声が流れ始めた。

——俺は芦田学《あしだまなぶ》。仕手を生業にしている。三笠とは知人の紹介で出会った。三笠と数回会合した後、フレンドシップの株価操作の話を持ちかけられた。

男は語っていた。

「嘘だ！」

「最後まで聞け」

郷原が小声で脅す。

——資金を提供してもらったので、まずは代表の西崎賢司を口説き落とし、協力の下、株価を吊り上げ、時価総額を上げた。そして、一部上場の条件、四十億以上の条件が見えたところで一気に売り抜けた。そりゃ、株価は大暴落だよ。え、なぜ一部昇格を待たなかったかって？　監査に入られりゃ一発だったからな。そこまで欲を掻くことはない。

「本物の証言か？」

野村が訝《いぶか》った。

「芦田学は別の相場操縦容疑で捕まってる。調べてみろよ」

西崎が言う。

野村はその場でスマートフォンを出した。

「……セイさんか。芦田学という男の照会をしてほしい。わかったら、折り返し、電話をしてくれ」

手短に用件を伝え、電話を切る。

野村は西崎を見据えた。

「芦田の証言は本当かもしれない。が、三笠さんに届いた手紙も本当のものだ。二つの事実が存在する。君はこの事実をどう考える？」

野村は問いかけた。

「どちらかが嘘をついている。俺の中では、三笠が偽手紙を用意したというのが答えだがな」

「なぜ、そう言い切れる？」

「似ているが、兄貴の字じゃないんだよ。兄貴はディスレクシア。識字障害を持っていたんだ。人並み外れた努力で普通の人には気づかれないほどに回復したが、兄貴はどうしても〝家〟という文字が書けなかった。だから、家族と書く時も家は平仮名で〝か〟と書いていた。この手紙を書いた者はそれを知らなかった。無理もない。このことは身内しか知らなかったからな。だから、〝家〟を漢字で書いた。もし家族の家が平仮名だったら、俺は兄貴の手紙と信じただろうな」

「本当に。本当に送られてきたんだ」

三笠が訴える。

野村は三笠を見た。嘘を言っているようには思えない。

「送られてきたのだとすれば、誰かが兄貴を装って、手紙を出したということだ」

西崎が言う。

「では、いったい誰がなんのために？」

野村が訊く。

「そんなのは、こちらの知ったことではない。その手紙が偽物で、こちらには芦田という証言者がいる。それがすべてだ」

西崎は断じた。

「野村さん。俺も郷原も逃げない。誘拐を計画し、谷岡を操ったのは俺。松川たちを巻き込んだのも俺。谷岡を死なせたのも俺の仲間だ。捕まえてくれてかまわない」

「捕まる覚悟がありながら、なぜこんな回りくどいことをした？」

「ただ殺すだけでは、俺たちや兄貴が受けた屈辱や絶望とは釣り合わない。三笠が栄華を極めた時、すべてを奪って頂点から突き落としてやろうと決めた。それに十年かかってしまっただけだ。捨て駒として使われた若い連中には申し訳ないと思うが、後進に彼らが出所した後、社会復帰のサポートをするよう指示してある。彼らにはこれも宿命として受け入れてほしい」

「ずいぶん勝手な言い分だな」

「一度命を捨てた者に法も常識も通用しない。死なずに逮捕されてやると言っているんだ。十分だろう。ただ、その前に一つだけ条件がある」

「なんだ？」

野村が訊く。

西崎は、三笠に顔を向けた。

「三笠。娘を助けたければ、ここで自ら命を絶て」

冷たく見つめ、言った。

郷原は三笠の背中を突き飛ばした。三笠がよろよろとフロアの中央に歩み出た。

郷原はすぐさま野村の後ろに回り、野村の首にナイフを当てた。

西崎がポケットからもう一本のナイフを取り出し、三笠の足下に投げる。

「拾え。それで自分の喉を掻き切れ」

「正気か、西崎！」

野村が怒鳴った。郷原のナイフの刃が少し野村の皮膚を切る。血が滲む。しかし、野村は怯《ひる》まない。

「三笠さんを死なせてどうなる！　娘に親が目の前で死ぬところを見せて、おまえは何をしたいんだ！」

「野村さん。悪いが、そうした杓子《しゃくし》定規の説得は俺には届かない。兄貴は俺の宝だった。本当に頭が下がるほどの努力家で、フレンドシップを起《た》ち上げ、仲間と共に成長していた。俺はそんな兄貴を誇りに思った。だが、こいつらの私利私欲に潰された。俺は宝と夢を一度に失ったんだ。その時から、すでに俺の心は死んでいる。さあ、やれ」

三笠を見据える。

三笠は屈み、震える手でナイフを取った。

「三笠さん、やめるんだ！」

野村が叫ぶ。三笠は手元を見て、鞘《さや》から刃を出した。鈍く光る刃を凝視する。

「お父さん、やめて！」

千尋が叫んだ。

「さあ、やれ、三笠」

西崎が口辺《こうへん》を歪める。

「やめろ、三笠さん！」

「お父さん！」

「やれ、三笠！」

西崎が声を張り上げた。

三笠が切っ先を起こした。

その時、従業員の出入口から二つの影が飛び出した。

西崎の側面に、影がぶち当たる。西崎は真横に吹っ飛び、影と共にフロアに倒れ込んだ。

「西崎！」

郷原が西崎の方に目を向けた。郷原の脇に大きな影が走り寄った。

郷原が気配に気づき、振り向こうとする。大きな拳が眼前に迫った。郷原が目を見開いた。直後、拳が郷原の右頬を打ち抜いた。

郷原の相貌が歪む。弾き飛ばされ、フロアに横倒しになった。

すぐさま、野村が動いた。郷原をうつぶせに返し、右腕を後ろにねじ上げ、手からナイフを奪う。

野村は郷原を殴り飛ばした影を見た。上田だった。

野村が上田を見やる。

郷原を殴り飛ばしたのが信じられないほど、顔面は膨れ上がり、顎には幾重にも包帯が巻かれていた。が、眼光は弱っていなかった。

「押さえていてくれ」

上田は頷き、郷原の右腕を取り、膝を落として背中を押さえつけた。

野村は千尋の下に駆け寄った。後ろに回り、拘束していたロープを切る。千尋の手足が自由になった。

「お父さん！」

千尋が三笠に駆け寄った。三笠は千尋を抱き締めた。言葉もかけられず、号泣している。野村は父娘を見やり、目を細めた。

千尋の背中や肩に刺し傷はなかった。西崎の左手には包帯が巻かれていた。西崎は千尋を刺すふりをして、自分の手を刺したのだろう。西崎は本当に千尋を傷つけるつもりはなかったということか。

西崎の方に顔を向ける。松川が横倒しにされた西崎を仰向けにし、跨《また》っていた。揉み合っている。

野村が歩み寄ろうとした。その時、呻きが聞こえ、松川の動きが止まった。

西崎の手元を見た。紅く濡れている。西崎は松川を振り落とした。松川は胸元を押さえ、横たわった。

「三笠！」

西崎がナイフを手に三笠に向かって走る。千尋は三笠と抱き合ったまま、西崎を睨んだ。

その間に野村が駆け込んだ。西崎の前に躍り出る。

「どけ！」

西崎がナイフを振り上げた。

瞬間、野村は大きく右足を踏み込み、右前腕を上げた。西崎の手首をつかむと同時に、左足を振って半回転する。

西崎の体が浮き上がった。野村はそのまま正座をした。回転し、宙に浮いた西崎が顔からフロアに叩きつけられた。

西崎の口から折れた歯と血糊が噴き出す。頬の周りに血溜まりができた。

千尋は横たわっている松川を認めた。

「尚ちゃん！」

三笠から離れ、松川に駆け寄る。肩に手を回し、仰向けにする。左手が胸元に触れる。たちまち、千尋の手のひらが真っ赤に染まった。

松川の顔は蒼白く、唇は紫になっていた。

「尚ちゃん！」

千尋の目から涙があふれた。

「千尋ちゃん……ケガはない？」

「私は大丈夫」

「よかった……」

松川は微笑んだ。そのままスッと目を閉じる。

「尚ちゃん！　尚ちゃん！」

千尋は松川を見つめ、叫んだ。

「尚人！」

上田も叫ぶ。が、郷原を押さえていて、動けない。

「千尋さん、これで救急車を！」

野村がスマートフォンを投げた。

千尋はスマホを拾い、緊急通報をする。

「オペラシティの最上階です！　怪我人がいます！　早く！　早く！」

泣き叫ぶ。

数分後——。

スカイバンケットに救急隊員と警察官がなだれ込んできた。

エピローグ

野村は警察病院を訪れた。個室のスライドドアを開ける。

松川がベッドに寝かされていた。点滴の管が腕に這い、心電図が静かにリズムを刻んでいる。脇には千尋がいた。

野村は歩み寄り、微笑みかけた。

「どうかな？」

松川を見る。

千尋は力なく顔を横に振った。

松川は一命を取り留めたものの、心肺停止中に脳に損傷を受け、意識は戻らないままだった。医師の話では、このまま植物状態になる可能性もあるという。

上田は治療を受けて回復し、身代金目的誘拐の容疑で逮捕された。取り調べには素直に応じている。

西崎と郷原は暴行、監禁など複数の容疑で逮捕された。西崎に手を貸したＡＺソリューションの関係者も複数検挙されている。

矢萩も谷岡の殺害容疑で逮捕された。

一連の出来事は、すべて西崎が画策したものだった。松川たちはその策略に取り込まれ、利用されただけだった。

三笠に届いた西崎賢司からの手紙も鑑定に回された。結果、本人が書き、投函したものと結論付けられた。

西崎賢司は徹也が言うように識字障害を持っていたが、家という字は書けるようになっていたようだ。彼が遺した他の手紙や書類でそのことは確認された。

西崎賢司の手紙だとする決め手となったのはＤＮＡ鑑定だった。切手に付着した唾液と西崎賢司の遺品から採取したＤＮＡの型が九十九パーセントの確率で符合した。

芦田学へも事情聴取をした。

芦田は当初、フレンドシップの仕手戦は三笠から依頼されたものだという証言を続けていたが、西崎賢司の手紙や三笠本人の証言をぶつけると、やがて、別の者に頼まれたという新証言を始めた。

投資家のパーティーで知り合った若い女性から、仕手戦を持ちかけられたという。

その女性は、佐《さ》藤愛《とうあい》と名乗っていたそうだが、仕手戦を終えた後は姿を現わさなくなった。後日、事務所を訪ねたが、そこに実体はなく、名前も偽名だったという。

野村はふと気になり、ある女性の写真を見せた。

芦田はしばしば女性の写真を見つめていたが、そうであるようなないような……という曖昧な返答に終始し、真偽の程はわからずじまいだった。

西崎や郷原に芦田の新証言をぶつけてみたが、そのような事実はまったく知らない、女にも心当たりはない、と答えた。

西崎は新事実を聞かされ、動揺していた。

この十年、兄の無念を晴らすためだけに生きてきた。そのターゲットは三笠崇徳だった。しかし、三笠は西崎賢司の死に関与していなかった。

十年間も滾《たぎ》らせた私怨がお門違いだったことを、西崎はどう受け止めればいいのか、わからないようだった。

郷原や西崎に手を貸した旧フレンドシップのAZソリューション関係者も同様に困惑していた。

ただ、十年前の真相はどうあれ、西崎や松川たちが誘拐事件を起こしたという事実は変わらなかった。

「野村さん。澪さんは見つかったんですか？」

千尋が訊く。

「いや……」

野村は顔を振った。

有島澪は、金を積んだバンと共に姿を消した。大山交差点近辺で一瞬電波が確認されたが、その後、バンは埼玉の山中で燃やされていた。

聞き込みを続けているが、行方は依然知れない。三十億もの金も消えていた。

ひょっとして、有島澪が持ち逃げしたのではとも考えたが、三十億もの現金と共に隠れたり、海外へ持ち出したりするのは、不可能に近い。

ただ、郷原から気になる証言を得た。

西崎や郷原に三笠の動向を伝えていたのは、澪だった。澪もまた、西崎賢司の死を悼み、西崎や郷原からの懇願を受け、復讐に協力していたという。

中央高架下公園で郷原が待機していたのも、谷岡からの連絡とは別に、澪から事前に松川たちの立てた計画の詳しい情報を得ていたからだった。

野村も、あまりに都合良く、郷原がホームレスのふりをして松川たちを助けたことが気にはなっていたが、澪が事前に受け渡しの情報を西崎たちに流していたとすれば、それも合点が行く。

手に入れた金は、西崎が買い取った青海ふ頭の倉庫に車ごと隠しておき、ほとぼりが冷めた頃、後進に託したフレンドシップ再興の資金に使ってもらう予定だったという。

しかし、有島澪は倉庫には向かわず、姿を消した。

郷原は澪の身を案じていた。渋っていた澪を復讐劇に引き込んだのは自分たちだからと話していた。

が、野村は澪は生きていると思っている。

それに、澪は渋々引き入れられたわけではなく、今回の一連の誘拐事件の絵図を描いた張本人かもしれない、とも感じていた。

西崎すら操った本当の指揮者は有島澪なのか――。

疑念は残る。

だが、真相は澪本人から聞いてみるまでわからない。

仮に、本人を問い詰めても、おそらく口を割らないだろう。

「澪さんを早く見つけてあげてください。父も心配してますから」

千尋が疑うことのないまっすぐな眼差しを向ける。

「全力を尽くすよ」

野村は笑みを見せつつ、澪がどこかでほくそ笑んでいる気がしてならなかった。

本書は二〇一七年一二月、小社より単行本として刊行された『コンダクター』を、
改題、加筆・修正のうえ文庫化したものです。

ある誘拐《ゆうかい》
警視庁刑事総務課《けいしちょうけいじそうむか》・野村昭一《のむらしょういち》の備忘録《びぼうろく》

二〇二一年六月一〇日　初版印刷
二〇二一年六月二〇日　初版発行

著者　矢月秀作《やづきしゅうさく》

発行者　小野寺優
発行所　株式会社河出書房新社
〒一五一－〇〇五一
東京都渋谷区千駄ヶ谷二－三二－二
電話〇三－三四〇四－八六一一（編集）
〇三－三四〇四－一二〇一（営業）
https://www.kawade.co.jp/

ロゴ・表紙デザイン　粟津潔
本文フォーマット　佐々木暁
本文組版　KAWADE DTP WORKS
印刷・製本　中央精版印刷株式会社

Printed in Japan　ISBN978-4-309-41821-6

葬送学者R. I. P.

吉川英梨　41569-7

“葬式マニアの美人助手&柳田國男信者の落ちぶれ教授”のインテリコンビ（恋愛偏差値0）が葬送儀礼への愛で事件を解決⁉　新感覚の“お葬式”ミステリー‼

がらくた少女と人喰い煙突

矢樹純　41563-5

立ち入る人数も管理された瀬戸内海の孤島で陰惨な連続殺人事件が起こる。ゴミ収集癖のある《強迫性貯蔵症》の美少女と、他人の秘密を覗かずにはいられない《盗視症》の主人公が織りなす本格ミステリー。

最後のトリック

深水黎一郎　41318-1

ラストに驚愕！　犯人はこの本の《読者全員》！　アイディア料は２億円。スランプ中の作家に、謎の男が「命と引き換えにしても惜しくない」と切実に訴えた、ミステリー界究極のトリックとは⁉

推理小説

秦建日子　40776-0

出版社に届いた「推理小説・上巻」という原稿。そこには殺人事件の詳細と予告、そして「事件を防ぎたければ、続きを入札せよ」という前代未聞の要求が……ＦＮＳ系連続ドラマ「アンフェア」原作！

アンフェアな月

秦建日子　40904-7

赤ん坊が誘拐された。錯乱状態の母親、奇妙な誘拐犯、迷走する捜査。そんな中、山から掘り出されたものは？　ベストセラー『推理小説』（ドラマ「アンフェア」原作）に続く刑事・雪平夏見シリーズ第二弾！

殺してもいい命

秦建日子　41095-1

胸にアイスピックを突き立てられた男の口には、「殺人ビジネス、始めます」というチラシが突っ込まれていた。殺された男の名は……刑事・雪平夏見シリーズ第三弾、最も哀切な事件が幕を開ける！

サイレント・トーキョー

秦建日子　41721-9

恵比寿、渋谷で起きる連続爆弾テロ！　第３のテロを予告する犯人の要求は、首相とのテレビ生対談。繰り返される「これは戦争だ」という言葉。目的は、動機は？　驚愕のクライムサスペンス。映画原作。

戦力外捜査官　姫デカ・海月千波

似鳥鶏　41248-1

警視庁捜査一課、配属たった２日で戦力外通告⁉　連続放火、女子大学院生殺人、消えた大量の毒ガス兵器……推理だけは超一流のドジっ娘メガネ美少女警部とお守役の設楽刑事の凸凹コンビが難事件に挑む！

神様の値段　戦力外捜査官

似鳥鶏　41353-2

捜査一課の凸凹コンビがふたたび登場！　新興宗教団体がたくらむ“ハルマゲドン”。妹を人質にとられた設楽と海月は、仕組まれ最悪のテロを防ぐことができるか⁉　連ドラ化された人気シリーズ第二弾！

ゼロの日に叫ぶ　戦力外捜査官

似鳥鶏　41560-4

都内の暴力団が何者かに殲滅され、偶然居合わせた刑事二人も重傷を負う事件が発生。警視庁の威信をかけた捜査が進む裏で、東京中をパニックに陥れる計画が進められていた——人気シリーズ第三弾、文庫化！

世界が終わる街　戦力外捜査官

似鳥鶏　41561-1

前代未聞のテロを起こし、解散に追い込まれたカルト教団・宇宙神瞳会。教団名を変え穏健派に転じたはずが、一部の信者は〈エデン〉へ行くための聖戦＝同時多発テロを計画していた……人気シリーズ第４弾！

黒死館殺人事件

小栗虫太郎　40905-4

黒死館を襲った血腥い連続殺人事件の謎に、刑事弁護士法水麟太郎がエンサイクロペディックな学識を駆使して挑む。本邦三大ミステリの一つ、悪魔学と神秘科学の一大ペダントリー。

死者の輪舞

泡坂妻夫　41665-6

競馬場で一人の男が殺された。すぐに容疑者が挙がるが、この殺人を皮切りに容疑者が次から次へと殺されていく——この奇妙な殺人リレーの謎に、海方＆小湊刑事のコンビが挑む！

毒薬の輪舞

泡坂妻夫　41678-6

夢遊病者、拒食症、狂信者、潔癖症、誰も見たことがない特別室の患者——怪しすぎる人物ばかりの精神病院で続発する毒物混入事件でついに犠牲者が……病人を装って潜入した海方と小湊が難解な事件に挑む！

日本の悪霊

高橋和巳　41538-3

特攻隊の生き残りの刑事・落合は、強盗容疑者・村瀬を調べ始める。八年前の火炎瓶闘争にもかかわった村瀬の過去を探る刑事の胸に、いつしか奇妙な共感が……“罪と罰”の根源を問う、天才作家の代表長篇！

華麗なる誘拐

西村京太郎　41756-1

「日本国民全員を誘拐した。五千億円用意しろ」。犯人の要求を日本政府は拒否し、無差別殺人が始まった——。壮大なスケールで描き出す社会派ミステリーの大傑作が遂に復刊！

いつ殺される

楠田匡介　41584-0

公金を横領した役人の心中相手が死を迎えた病室に、幽霊が出るという。なにかと不審があらわになり、警察の捜査は北海道にまで及ぶ。事件の背後にあるものは……トリックとサスペンスの推理長篇。

メビウス

堂場瞬一　41717-2

1974年10月14日——長嶋茂雄引退試合と三井物産爆破事件が同時に起きたその日に、男は逃げた。警察から、仲間から、そして最愛の人から——「清算」の時は来た！　極上のエンターテインメント。

著訳者名の後の数字はISBNコードです。頭に「978-4-309」を付け、お近くの書店にてご注文下さい。